U0047082

LOCUS

LOCUS

LOCUS

LOCUS

在時間裡，散步

walk

walk 011

一個人生活

作者：谷川俊太郎
譯者：林 真 美

編輯：連翠茉
校對：呂佳真

法律顧問：董安丹律師、顧慕堯律師
出版者：大塊文化出版股份有限公司
地址：台北市105022南京東路四段25號11樓
www.locuspublishing.com
讀者服務專線：0800-006689 TEL：(02) 87123898
FAX：(02) 87123897
郵撥帳號：18955675
戶名：大塊文化出版股份有限公司
e-mail：locus@locuspublishing.com
總經銷：大和書報圖書股份有限公司
地址：新北市五股工業區五工五路2號
TEL：（02）89902588（代表號）　FAX：（02）22901658

初版一刷：2016年 6 月
初版三刷：2021年 4 月
ISBN　978-986-213-701-7
定價：新台幣 300元

一個人生活

ひとり暮らし

谷川　俊太郎

林真美——譯

目次

一 個 人 生 活

ひ と り 暮 ら し

我

泡泡果

我母親的姐姐叫花子，是個大美人。她入贅的夫婿叫正，也是個美男子，在我的認知裡，他們兩人體弱多病，一生中有一半以上的時間都在床上度過，最後在床上告終。旁人都說，阿姨年輕時罹患腎結核，被判定無藥可救，卻憑著好強的天性活了下來。姨丈罹患的是一般結核，他靠著謹慎的個性，活到七十幾歲。

我的外祖父，也就是我母親和阿姨的父親，叫長田桃藏，曾當過政友會[1]的代議士，據說一年到頭總是出資做一些奇奇怪怪的事業，二戰期間我和母親到他位在京都淀的大宅避難時，看到倉庫裡有小型的馬達轉個不停，我這醉心於機械的少年高興極了，不過，那時的我並沒有具備將馬達應用到其他地方的能力。

大人告訴我，我能來到這個世上，都是外公所賜。因為，我的父母經過轟轟烈烈的戀愛後結合，聽說根本不想要孩子，就在他們打算將我處理掉之前，外公說他想要抱孫子，我因而得救。當我的母親正在剖腹生產時，我的父親在醫院的長廊玩著當時流行的溜溜球。

一旦被生下來了，母親就對我一見鍾情，她非常疼我，不過因為我是獨子，她也會注意不要太過寵溺我。相較於母親，沒生小孩的阿姨就不顧一切的寵我。我記得在我很小的時候，因為好玩故意將口水滴到阿姨的手上，看到阿姨隨即舔掉手上的口水，讓我覺得有點噁心。

要跨過淀城護城河上的橋才能進到外公的大宅，在二戰期間，這裡有一半是旅館。分家改裝雖是後話，當時祖父已經納妾，明明是個女人，但我除了記得她戴假髮外，並未留下什麼深刻的印象。那間大宅後來無以為繼，姨丈和阿姨在戰後來到我們位於東京的那塊租地，在我們家旁邊蓋了一棟房子住下，那房子用輕量鋼材建造，在當時算是很摩登的建築。

他們搬過來的東西也很奇特。喜歡園藝的姨丈帶了許多花盆、鋤頭、長柄鐮、小鐮子和篩子這一類的東西過來。還有一大堆不知要做什麼用的隔板。當然，也沒忘記病中所需要的痰盂、便盆和尿瓶。阿姨則是隨身帶了好幾個水牛皮支那鞄，以及柳條包和木製行李箱，裡面放了白絹、半衿[2]和絲棉。

姨丈在東京一面忙著管理財產一面和疾病奮戰。阿姨把我的兒子和女兒當成自己的孫兒疼愛。就像對我那樣，阿姨對兩個孩子也是寵溺到家，結果，妻子曾經為此在兩家的邊界築起了竹籬笆。

日前我整理姨丈阿姨的壁櫥，發現光是他們留下來的照片就裝了滿滿兩大紙箱。用和紙寫成的戶籍文件，卻因為我的修養不足，而無法讀出個所以然來。

阿姨生前經常彈奏把玩的三味線，如今為學音樂的兒子所擁有。

姨丈在自家陽台的前面，種植了在淀老家中也曾種過的果樹——泡泡樹。黏黏的黃色果肉，有著特殊果香，可用湯匙挖來吃。對姨丈的園藝嗜好絲毫不感興趣的父親，倒是很喜歡吃泡泡果，不過，姨丈死後，就沒人照管它了，結果，枝繁葉茂，果實不是被鳥吃了，就是還沒熟便落了一地。

（OMC　1987．10）

1日本政黨。一九〇〇年由伊藤博文創立。
2女子和服襯衣上的襯領。

餘裕

餘裕這詞彙隱隱約約出現在廣告文案中，應是這十年左右的事吧！日本人可以將餘裕掛在嘴邊，表示生活終於出現了餘裕，這全都是拜我們的勤奮所賜。原本住在四帖半空間的人，搬到有十二帖大客廳的公寓，很自然會覺得生活變得有餘裕了。

然而一想到公寓的貸款要歷經親子兩代才能償還，用大把鈔票買回來的皮革長沙發，坐起來不會覺得不對勁嗎？眼前空間所帶來的餘裕，不見得一定就會讓人的心理空間也變得寬廣。當人開始懷疑自己好像被餘裕這好看的詞騙了，那個瞬間，餘裕也就跟著消失了。

如果說心中要有餘裕，其先決條件是經濟上必須寬鬆，我想大多數的人都會表示贊同吧！但回答完以後，可能會覺得好像也不盡然，若說這不自覺的想法是出於偽善，又未免太過，說不定，那是出於自然的心態呢！

我讀過伊努特人在嚴酷的自然環境下生存的故事。為了找尋食物，他們在冰原上移動，等到食物沒了，伊努特的老人會老神在在的坐著，其他人則留下老人繼續往前移動。老人面對生存和死亡的態度，使得餘裕這詞彙連個存在的空隙都沒有，但從另一個角度來看，卻又讓人從中感受到餘裕的存在，這是為什麼呢？

如果問人，你覺得害怕失去財產的大富豪和一無所有、露宿街頭的流浪漢，誰比較有餘裕？雖然大家都會對著流浪漢舉牌，但如果問他要不要也當一下流浪漢，任誰都會猶豫。目今這個世界變得如果不用東西和錢把人綁得死死的，就不會出現餘裕這個字眼，這是因為人對欲望很難把持，就商業的祕訣來說，商人只要對這樣的弱點加以滲透就可以了。

關於餘裕，最容易理解的是空間。就像在尖峰時間擠滿乘客的電車車廂，心裡要是也被塞滿，應該不會覺得有餘裕吧！這跟心內塞滿的是哪些東西一點關係也沒有。那有可能是欲望，有可能是情感，有可能是思考，有可能是信仰，只要沒有可動彈的空間，人就會感到窒息。一旦變得硬邦邦，心就了無生氣，無法和其他的心展開交流。

有一種讓人很難憎恨的壞人，相反的，也有一種無論如何都難以讓人喜歡的正義之士。表面上，我們很容易把善惡或正與不正拿來當判斷的基準，但難解的心，卻不是可以用一個或兩個基準來加以衡量的，關於這點，我們好像不必人教就都知道了。不論所抱持的思想是什麼，我們對所有的狂熱分子都退避三舍。

能夠讓心動起來的空間或縫隙，那樣的地方到底有什麼呢？當我們陷入糾結的情感和思考中時，是什麼東西在為我們找到出路？雖然難以被意識到，但說不定有一種感情或思考，可以將被固定綁住的感情或思考鬆開。而這難以命名的東西，我們姑且就用餘裕二字來形容。

在我們所住的地球上，餘裕就好像是宇宙的真空，它既是我們人生中的吉光片羽，也可以說是永恆吧！對我們來說，那是直指內心，能拿自己和他者對照並看出端倪的視角，是心之外的另一顆心。我們不妨說，心中靈活表現出的幽默，追根究柢，也是來自於餘裕。

假使上面所述才是真正的餘裕，那麼，那樣的餘裕跟金錢或物質的多寡無關，跟有沒有信心無關，跟思想的差異、教育的高低也都無關。如果我們在有意無意間，會用餘裕之有無去判斷一個人，那麼它一定比其他的判準更為深刻。而我希望那判斷也是可以遊刃有餘的。

（日本經濟新聞　1988・7・5）

愛情很誇張

一開始我在母親的身體裡面。我的身體和母親的身體融為一體。那種暢快愉悅在我的潛在記憶中想必未曾消失，它還留在我的身體裡面。我從母親的身體出來後，就擁有了我自己的身體，但那身體說不定一直想再回到母親的身體裡面。我對母親充滿了依戀。

母親既是一個人，也是自然本身。當我看著陽光普照的緩坡或是朝夾帶著鹹味的大海走去時、當我感受到風輕輕拂過汗毛或是我打著赤腳在泥濘中翻攪時，我那不曾被滿足過的憧憬與渴望、那交織著畏懼與親暱的心情，讓我嘗到了快樂與痛苦並存的滋味。

我無法區分我想和母親融為一體的欲望，和我想融入自然的欲望，到底有什麼不同。

最終，母親不再是無限的自然界，而是一個生命有限的人，她從我的眼前消失了。母親的過世，教會了我人類社會的既有規律，我被納入有別於自然秩序的人類秩序中。對此，我抵抗、壓抑，並接受。就像我從母親的身體出來那樣，我的心也開始跟母親的心告別。從此以後，我取代了母親的存在，開始了新的追尋。

戀愛只不過就是我的身體和另外一個人的身體相會。不同於自然，人不僅僅只是身體而已，說到身體，我們當然不能忽視住在身體裡面的那顆心，但心和身體只是語詞上的區分，原本它們是一體的。每個人都有一顆獨特的心，這是人類獨有的，支配心靈以及被心靈支配的，正是千萬人共通的身體，它屬於超越人類的自然。正因為是人類，所以必須活在這樣的矛盾當中。

充滿矛盾的身心關係，來自於充滿矛盾的人與自然的關係。兩者在矛盾中存活，如果同樣都有追尋調和的欲求，那麼，戀愛除了是人與人的戰鬥，也可以看成是人與自然的戰鬥。而大家都知道，要在其間全身而退是有困難的。

戀愛迫使自己和他人產生關聯，不過，在自己的背後及他人的背後都隱藏著超越人類的自然。戀愛中的人總是覺得在對方之外，還有一個超越對方的東西存在。那個深邃的世界讓人頭昏目眩。但那樣的眼睛卻看到了平常所看不到的東西。世界變得不一樣了。想當然耳，那是比散文還要高的詩歌境界。

到底是從什麼時候開始，我那離開母親後的身體和心，在另外一個人的身體和心的前面被喚起了？那不知名的欲望，偶爾讓我神往於映在《世界美術全集》裡的大理石裸體，或是陶醉在和幼兒玩假扮醫生的遊戲中；偶爾則是盯著小學的一位同班女同學的那張臉直看。戀愛被性撐起，同時也超越了性。

戀愛是否是擁有心與身體的人，想要與宇宙合而為一的最深最深的欲望？

如果是的話，身體的欲望會導向宗教也就不足為奇。我從愛慕之人的臉上所看到的，或許可以稱之為「詩」。儘管不知要花多少時間才會曉得這張臉有時並不等同於心，但我還是稱它為「詩」。

眼睛和臉相會，身體和身體相會，心和心相會，說來是三種不同的遇合，但它們其實是同一件事。就算世間能用手觸摸到的只有身體，但人心可以透過語言表達，在日常中，甚至還能將不存在的事物描述得煞有介事。人可以透過他人的身體、心，超越自己的死亡，和宇宙展開戀愛。不論多洗練的愛情，不可忘卻的是，它的深層心理都隱藏著原始、粗野的自然。

我最開始寫的情詩中，有一段文字是「……我呼喚人／於是世界面向我／我轉而消失」。表面上看，戀愛是所有人際關係中最自我的，但同時它也超越個人，能將人帶到無邊無際的世界。在那裡，我們嘗到了愛情那既喜悅，又孤單無依的滋味。人藉由經歷，以及發揮無盡的想像，將它訴諸文字。

一個擁有身體、心的人活著，不能沒有另外一個身體、心相伴。自古有許多人不堪其擾，不是逃到荒野，就是躲進寺廟，讓人欣慰的是，那些人的努力，力道還不足以讓人類滅絕。

雖然愛情很誇張，但誰都不可以對之輕言訕笑。

（作品社《戀歌1》序文　1985．10）

熟悉的歌

在日本歲時記中，布穀鳥雖被視為夏天的小鳥，但在北歐似乎被視為是春天的鳥，在英國出生、大半生涯都住在法國的德裔作曲家菲德烈克・戴流士[3]為「孟春初聞杜鵑啼」此一交響樂寫了一首小曲子。其中有一部分的旋律似乎是取自葛利格[4]所作的挪威民謠，但是對我來說，這首曲子怎麼聽都覺得很英國，與雷夫・佛漢・威廉斯[5]或愛德華・艾爾加[6]所作的小曲子可謂如出一轍。

3 Frederick Delius（一八六二—一九三四）。
4 Edward Grieg（一八四三—一九〇七），挪威作曲家。
5 Ralph Vaughan Williams（一八七二—一九五八），英國作曲家、民歌收集者。
6 Sir Edward William Elgar（一八五七—一九三四），英國作曲家。

我第一次曉得戴流士，是好幾年以前在電視上看到肯．羅素[7]為BBC所做的影片。羅素把這位創作美麗抒情音樂的人，形容成一個飽受性病之苦、非常易怒的老人。

小時候，每到夏天，我都是在群馬縣高原父親所蓋的小木屋中度過，布穀鳥的叫聲於我並不陌生。不知道為什麼，兒時的我每聽到布穀鳥和啄木鳥的聲音，就會覺得安心。多年前我到美國新英格蘭旅行，有一種熟悉的感覺，想必是因為那裡跟群馬高原很像吧！

新英格蘭詩人艾蜜莉．狄金生[8]在某首詩中寫道：

知更鳥是我判斷旋律的基準
因為我成長的地方和知更鳥一樣
但是如果我出生在布穀鳥環繞的地方

我會以牠的名義發誓：
那熟悉的歌聲將會佔據整個午後

我不知道，身邊的鳥叫聲到底會帶給人什麼？也不知道那叫聲會將人帶到何處？我住在東京，周遭還聽得到鳥鳴，但我不可能寫出像狄金生那樣的詩句。這大概是因為關於鳥叫聲，我已經喪失聽力了吧！

在日本，布穀鳥的古名叫閑古鳥，似乎給人寂寞的印象。用單簧管吹奏戴流士的曲子，其中布穀的叫聲也是聽來寂寥，彷若夢中。「抑鬱添寂寥閑古鳥」是芭蕉有名的俳句，傳達的也是類似的氛圍。

用白話文來思考的話，就是明明只是胸悶鬱卒，卻還想要增添寂寞，不免

7 Henry Kenneth Alfred Russell（一九二七—二〇一一），英國著名電視與電影導演。
8 Emily Dickinson（一八三〇—一八八六），美國著名女詩人。

讓人覺得有些自虐，但根據古語辭典所載，「寂寥」意味著：「失去原有的生氣與活力，有荒涼之感。同時，也懷抱著得以恢復元氣的心情。」意思和英文的 miss 頗近，芭蕉或許想藉由布穀的聲音，將自己從鬱卒的狀態中解救出來吧！

鳥叫聲隨時都在為我們傳遞生命的訊息。最近在十字路口聽到的電子鳥叫聲讓人不快，大概是因為那是造假的吧！至少，我的耳朵還有分辨真假的能力啊！

（共同通信　1988・4・7）

旁門左道

我看了一部奇妙的短篇電影。電影中有一名拿相機的男人（說不定是女的，但因為動作頗為粗魯，大概是男的吧）像沒頭蒼蠅那樣，一直往前一直往前走。此人跨過圍牆、擅自走進建築、穿過公園、踩爛汽車（不確定有沒有踩爛，但那氣勢就是會讓人想這樣說），沒什麼目的，就只是像大猩猩那樣隨著破壞的聲響向前進。

因為是以第一人稱的方式表現，所以觀者會有一種錯覺，以為是自己在往前，而那使人獲致一種莫名的解放之感。那是無視於道路的存在而有的快感嗎？那讓我想起小時候，每到冬天，家後面的田地全都凍結，我斜角穿過後直達，學校的那種快樂經驗。走捷徑固然是原因之一，但光是走路可以不拘泥於既有的道路，就讓人感到愉快。那片田地早就被改成集合住宅，現在集合住宅的中央廣場還立了個告示牌，上有地圖並寫著：「禁止穿越，此為私有地，請按指示通行。」

我出門大都用走的，一方面是走路比較方便，一方面則是在東京這樣的大都市，除了乖乖壓馬路別無他途，我大概是出於不得已才走在路上的吧！雖然很想翻牆路過別人家的庭院，偶爾穿著鞋通過日式房間，或是沿著屋頂走到地下鐵車站，但我知道走旁門左道這等快樂的事，最後只會把我帶到看守所，所以也就避免了。

如果你人在美國，走在沒半個人影的無徑荒野，萬一那是私有地，就算被槍射擊也不能抱怨什麼。所以說，當你看到道路時，走在上面不僅安全也比較方便，但是，人就是有想要偏離道路的欲望，這欲望總在魂魄中悶燒。我這麼說，恐怕會被解讀為我在談論人生大道理，這實在是「道路」這個詞彙擾人的地方，不過，若有人要這樣解讀，我也無所謂。

在開車時，我常幻想我在開戰車。我並沒有想要殺人，而是想著，如果是戰車的話，就可以脫離道路，横行無阻了。戰車的那種旁若無人的行走方式，最能表現出人類的利己主義。在年輕人中頗具人氣的四輪驅動車Off-Road，稱得上是欲求不滿的戰車吧！發出噪音，横掃森林小路，堪稱是一種騷擾，但文明脫離不了暴力，是眾所皆知的事。

如果不想走在既有的路上，那就去沙漠走走，話雖如此，那完全看不到道路的地方，不僅不便，也讓人不安。老花之後看地圖變成是一件痛苦的事，雖然我也樂得不去在意到底要左轉還是右彎，但是如果讓自己因此喪命就不好玩了。不過，聽說最近已經有衛星定位了，看來我的擔憂是多餘的了。

（東京新聞　1988・9・3）

隨性

昨天晚上我到附近的韓國料理店吃捲餅。用像可麗餅一樣的薄皮，在八種被切碎的青菜、蛋、蘑菇等食材中挑選喜歡的包起來吃。味道清淡細緻，非常好吃。除此之外，我還吃了「貧者煎」。雖然不太清楚內容物是什麼，但就像是小小的水煎包那樣。一如其名，可能是以前窮人常吃的食物，但卻出乎意料的好吃。光這些還不夠，我又吃了生拌牛肉、醬菜組合和烤牛小排。另外還吃了裡面包有冬蔥和蛤仔肉的蛋餅。最後則吃了泡菜配飯、甜點、柚子茶加芝麻餅乾。我忘了說，在那之前我還吃了韓式鹽漬烏賊。由於既鹹又辣，辣到吃不完，遂請店家裝進塑膠盒打包回家。成了我今天午餐的菜餚。

一一列舉後，或許有人會覺得我是大胃王，不過，感覺只有八分飽，算是很剛好。除了上述的食物，我好像還吃了點別的，但已經記不起來了。記不起來除了是我的記憶力差，另外就是對一般人來說，吃到好吃的東西，只要記得當下的那種滿足就好了。相反的，如果吃到難吃的東西，尤其是很貴的壽司店，就會讓人憤恨難消，一記就會記很久吧！有兩三種人間美味，讓我終生難忘，但我並不想每天都吃那些記憶深刻的美食。我認為，對食物過度在意，和自我意識過剩沒什麼兩樣，都不會是讓人覺得舒服的事。

今早我吃可頌麵包和紅蘿蔔、青椒、西生菜沙拉，以及看起來像白香腸的半條熱狗，再加一個意外組合，亦即將蒸熟的蕃薯切成薄片後，用奶油煎到微焦，另外再搭配一杯熱可可。父親很喜歡吃蕃薯，我也遺傳了這個嗜好。在吃早餐時，我和鄰座的人議論著自我與他者間的互動關係，儘管具體的抽象的言論交錯，卻沒有搞壞食欲。中午吃前述的韓式鹽漬烏賊、熬煮沙丁魚、羊栖菜拌油豆腐和加了醃蘿蔔的茶泡飯。我和鄰座的人不再議論，只是聊些有的沒的。

我的飲食生活非常隨性。我在想，一般人的飲食生活應該也都是隨性的吧！如果不這樣，那就太奇怪了。每天照著婦女雜誌上拍的照片擺盤，吃著婦女雜誌上介紹的美食大餐，總覺得那會使日常感消失，光想到人得活在愛情文藝片裡才行，就覺得肩膀開始痠痛了。

以前人們偶爾才會去一次餐廳，現在卻變得很常去，所以我們不再對推出來的每一道美味大驚小怪。我想起幾年前我和父親在巴黎的一家餐廳吃午餐，父親因為喉嚨接受放射線治療，聲帶變硬，所以有時會被食物噎到。就在他被食物噎到的瞬間，服務生馬上以迅雷不及掩耳的速度，將空盤子和餐巾送到跟前，讓我極為驚訝。仔細想想，這或許也是理所當然的事，對於好一點的餐廳來說，這樣的訓練也不足為奇，但我還是對服務生像接力賽那樣自然的將盤子和餐巾傳遞過來一事，印象深刻。當時吃了什麼雖然已經不復記憶，但我想對那家餐廳來說，這應該算不上是有損名譽的事。

雖然父親的狀況那樣，但他跟我不同，是個愛吃的人。對於好吃的東西他會讚不絕口，難吃的東西則破口痛罵。判斷的基準全憑父親自己的味覺，就算有人覺得好吃，只要不合口味，照樣成為被痛罵的對象。譬如說，父親不喜歡紅豆麵包，只要看到母親吃，他就會大叫：「那食物是下下下之流。」還好，母親總是笑笑，不當一回事，所以我對紅豆麵包才能不存偏見。今年五月將滿九十四歲的父親，最近對新宿高野販賣的芒果泥情有獨鍾，因為是以「打」為單位購買，所以日前我去買時，人家還問我家裡是做什麼生意的。

（好吃的東西　1989）

喪禮考

我並不討厭參加喪禮，那比參加婚禮好太多了。雖然最近有意思的弔辭變少了，但和婚禮的賀辭比起來，還是弔辭比較不會讓人想睡覺。這大概是因為弔辭不必說些充滿喜氣的話吧！雖然我幾乎不參加婚禮，不是很清楚，但我想像中的婚禮，想必是離不開「未來」這個緊箍咒。出席者面對眼前的兩位年輕人，怎能不想著他們的未來呢？

在這地價高昂的時代要住在什麼樣的房子裡？如果要生小孩，那未來有好幾年都得為學費奮鬥，而且還要擔心小孩會不會拒絕上學或變壞？萬一夫妻感情不好離婚了，兩人豈非痛苦不堪？老後的計畫有沒有問題？總之，越是想要祝福新人，就越是感到不安。

明明曉得未來並不燦爛，卻要露出「未來是玫瑰色」的表情，對著冷掉的龍蝦猛戳，一邊微笑一邊祝福對方，也因此，出席婚禮變成是痛苦的經驗。相對於此，喪禮不涉及未來，所以就沒什麼好擔心的。也不會一想到未來就心情沈重。就算談到未來，那也不過是大家所以為的死者將前往的死後世界，對於那到底是一個什麼樣的地方，眾人全憑想像，因為沒有清楚明瞭的答案，所以也就沒什麼心理負擔。

唯一讓我感到遺憾的是，最近的喪禮大都不點香，少了沈沈的香氣。沒有香煙裊裊，意味著也少了那催人入眠的誦經聲，少了這兩樣，喪禮的魅力也減了一半。最近的喪禮顯得單調。感覺就像是進到偽法國餐廳那樣。通常都是以白色作為背景，上面掛著死者的大幅照片，前方放著一張用白布蓋住的長桌。周圍滿是白色的菊花，前來參拜的人也是人手一株白菊，並依序將菊花擺在遺照前面。

如果是在寺廟舉行的喪禮，顏色就會顯得繽紛，有金色、紅色、綠色或更花俏的顏色，讓人不免猜想搞不好另一個世界真的是極樂之地，在那兒死者再也不必為未來心煩，只要悠閒度日就好了，然而，如果是在一片刷白中，背景音樂播放的是西方人創作的安魂曲，那又是另外一回事了。看來故人生前說他沒有宗教信仰是騙人的，我不禁懷疑他其實有偷偷信耶穌，對於這不該有的質疑，我感到失敬。

雖說我也不反對將白菊花放在遺照前面，但我總有一個困擾，不知那個時間點到底是要跟誰行禮致意。故人的照片就在眼前，所以在鞠躬時很自然的就會跟故人的眼神交會。結果，就變成是在和故人道別，但是，站在我的立場，心情上總像是在對著故人之外的神或佛低頭行禮，想請祂們往後多多照顧故人，也因此，每到此刻，我都會覺得有些慌亂。

刷白的殯儀館有如醫院的病房一般，既乾淨又明亮，我也有著來到病房探病的錯覺。在香煙裊裊略顯陰暗的祭壇深處，若有雙眼半闔的鍍金佛像坐鎮，就會覺得死亡果真深不可測，但是如果浮現在眼前的是亮晃晃的故人照片，便會以為故人還在身邊，於是弔辭就很容易變得沒頭沒腦，像在閒話過往似的。

換句話說，最近的喪禮傾向將死者與死亡的距離盡可能的拉遠，所以才會出現「哪天我也想過去喝一杯，但不是馬上，拜託再等一下」這類不太正經的弔辭，雖說那樣的場合不妨放輕鬆一點，但總不能隨便到對死亡無禮。

光是婚禮會涉及未來就很夠人受的了，如果連喪禮都要放進未來，那麼，死後的世界和現世就沒什麼好區分了。至少在參加喪禮時，我想忘卻現世的煩惱啊！

（母之友　1989．4）

風景與音樂

我因為有事從位在杉並區的家開車到日本橋。去程我聽ＦＭ播放的貝多芬〈田園交響曲〉。到了目的地，曲子還沒結束。因為擔心進了停車場就聽不到了，所以先路邊停車將我最喜歡的最終樂章的一節（其實是數小節）聽完。在這裡，要是能將我最喜歡的部分列譜說明就好了，但這誇張的作法有違我的風格。我想我就用「噠——啦啦啦——噠、噠——啦噠啦啦」來表示。知道的人應該曉得我指的是什麼吧！

回程我又聽了貝多將的〈熱情奏鳴曲〉。這裡所說的貝多將，不是越南連體嬰德庫將[9]的親戚。那是中原中也[10]〈小丑之歌〉中對貝多芬的稱呼。「貝多將和舒伯將都在很久之前死去／連在很久以前死去這事／都無人知曉……」年輕時我非常仰慕貝多芬，將舒伯特寫成舒伯將也就罷了，但這貝多將就很難讓我接受，甚至感到憤慨，總覺得這對偉大的貝多芬簡直就是一種冒犯，不過，現在已經不會為這種小事在意了。

〈熱情奏鳴曲〉中，我最喜歡第二樂章「稍快的行板」，格連．顧爾德[11]曾極其認真的用緩慢的速度彈出它的主題和變奏。因為我的耳朵習慣的是年輕時聽的施納貝爾[12]的演奏，所以顧爾德的彈奏聽起來就覺得有些造作。經過高速公路回到家時，音樂已經來到第三樂章的中間。由於這「不太快的快板」中

9 一九八一年出生於越南的連體嬰。哥哥阮越、弟弟阮德在日本的暱稱分別是貝多將（越ちゃん）和德庫將（徳ちゃん）。「ちゃん」在日文中常用來暱稱親近的人，在這裡取其音，用「將」表示。

10 中原中也（一九〇七—一九三七），日本詩人、歌人、翻譯家。

11 Glenn Gould（一九三二—一九八二），加拿大鋼琴演奏家。

12 Artur Schnabel（一八八二—一九五一），奧地利鋼琴演奏家。

途停掉也不會覺得可惜，所以我就將車子熄火。

音樂聽到一半說停就停可能是七十八轉黑膠（SP）時代養成的壞習慣。因為單面僅五分鐘左右就結束的黑膠總是會將音樂截斷。那時老是重複聽著單面中自己喜歡的段落，很少有將整首曲子聽完的。在三十三轉黑膠（LP）時代，要將唱針對準放在自己想聽的地方是很辛苦的事，但有了CD以後，很容易的就可以一直重複某個部分。不過，老是用這樣的方式聽，原本喜歡的那一個段落很快就會聽膩。可見，方便總是帶著危險。

我喜歡在搭乘交通工具時聽音樂。窗外流動的風景和音樂合而為一，真是暢快。三十多年前我買的第一輛車是雪鐵龍2CV，當然，車上沒有收音機，於是我買了一台便宜的手提收音機掛在儀表板上。我到慕尼黑奧運會工作時，看到當時還很珍貴的車上音響，便買了一台飛利浦製的，掛在CARINA車上。我把喜歡的音樂編輯到同一個卡帶上，友人武滿徹[13]曾嘲笑我：「你喜歡的音樂怎麼聽起來全都像是聖歌。」沒錯，比起節奏快的音樂，我確實比較喜歡旋律慢的以及它們的合音。

搭乘國際線飛機，我會先看音樂選單再看菜單。如果看到自己喜歡的音樂當然就會開心，不過，之前我忘了是去哪裡，總之在飛機上聽一名新進指揮家在指揮樂團演奏他們國家的現代音樂。雖然談不上喜歡，卻因此上了一課。只是我對經濟艙的那個顏色醜斃、且必須塞進耳朵的耳機實在很感冒。我沒得中耳炎，真是不可思議。

我去大峽谷旅遊時上了直升機，聽著李察・史特勞斯[14]的〈查拉圖斯特拉如是說〉。直升機飛離停機坪後，來到一片平地的樹林上空，這時播放的音樂

13 武滿徹（一九三〇—一九九六），日本二十世紀重要的作曲家之一。

14 Richard Strauss（一八六四—一九四九），德國重要作曲家。

是電影《火戰車》[15]。突然，眼下一．六公里深的山谷正張開它的大口，就在這個瞬間，音樂換成〈查拉圖斯特拉〉。等到回神時，我發現我已是熱淚盈眶。

（小學館 CLASSIC INN　1990．5）

晝寢

「晝寢」這詞真是讓人愉快啊！雖然「朝寢」也捨不得放棄，但這兩個字聽起來就是有點彆扭，字詞本身給人萎縮之感，實在不怎麼討人喜歡。相較之下「晝寢」就闊氣多了。有些時候還可以直接拖到晚上，那種天塌下來當棉被蓋的魯蛇精神還真教人喜歡。

覺得「晝寢」太沒情調的人，或許比較適合「午睡」吧！在日文的日常對話中「午睡」無法輕鬆使用，實在有點傷腦筋，但它其實是個既優雅又有品味

15 Chariots of Fire，一部於一九八一年出品的英國電影。

的語詞。只是，若要將這語詞發揮得淋漓盡致，大概要花一點錢才行。畢竟，穿著傳統的六分褲，手上拿著圓扇搧風的人，只能說他要「晝寢」，但不好說他要「午睡」吧！

「午睡」要有符合午睡的配備。如果在海上，搭的船是釣船或渡輪，那就太不對勁了。至少也要是二十英尺以上的遊艇，要不就是在豪華客船的甲板上。還有「午睡」當事人的年齡和人生經驗，也是不容忽視的要素。譬如二十歲上下或是還乳臭未乾的傢伙就沒有資格「午睡」。不論父母的荷包有多滿，啃老族只要「晝寢」就夠了。要搆得上「午睡」的邊，就算尚未進入花甲，至少也要有兩三根白髮才行。

覺得麻煩透頂、無法達到目標的人，那就「午憩」（siesta）吧！反正是外來語，可以想怎樣就怎樣。因為沒有人知道原文正確的內涵，也無從體會它的語感。不過，據我所知，拉丁語系的民族在「午憩」的時段，還會從事一些生產行為。這實在很難讓日本人接受。

「晝寢」本來應該包含孤獨之樂，所以像幼兒園讓一群小孩一起「午休」，就不是「晝寢」。至於「午憩」，中間的生產活動也不是光憑個人就能達成，「晝寢」有一個重點是出自無為，它通常總在快樂中結束，且不會跟生產活動有任何連結，如果它變成要充分動手動腳，大量流汗這類等同勞動的行為，就未免太荒唐了。

吃過中飯，眼皮自然變得沈重，再高尚的思想此時都很難對焦，再怎樣的理想主義者都會被睏意這個現實打敗。一心想著床，一味向著被窩，但又在心底隱藏著一抹罪惡感，這是「晝寢」不可或缺的底蘊……好笑的是，我得先奮鬥五十幾年，才能達到光是聽到「晝寢」二字全身就會跟著融化的境界。

（Siesta　１９９０夏）

停驢場

活了將近六十年，所謂的生平首見無可避免的會慢慢變少。不過，萬一看到那樣的光景，當下的驚奇、喜悅會比年輕時代深刻許多，也會視若珍寶，會感到驚奇、喜悅，想必是在慶幸自己的感性未失吧！

導遊是名大學生，叫努內丁，他對著我們自信滿滿的說：「我接下來要讓你們看這輩子從來都不曾看過的東西。」他請我們「猜猜看是什麼？」但大家都毫無頭緒，就我個人來說，因為自認為人生經驗比二十八歲的年輕人豐富，所以也沒有很認真回答。這件事發生在摩洛哥南部、與撒哈拉沙漠相連的里薩尼。

突然出現在眼前的光景果然超出了我們的想像。在一個有棒球場那麼大的廣場上，一眼望去是數也數不清的驢子，看起來就像是尖峰時間擁擠的新宿車站。白茶色的沙塵飛揚，不絕於耳的難聽的嘶叫聲，這裡簡直就是名副其實的停驢場。那天剛好是市集日，附近的人們把為他們馱行李過來的驢子全都寄放在這裡。

四周疊放著從驢子身上卸下來的鞍。不知他們要如何分辨這些鞍？還有，在驢群中他們是否能夠找出自家的驢子？說來一點也不誇張，我們都還來不及提問，就對這生平首見的奇觀看到忘我、傻眼。同行的攝影家為了想讓構圖更好看，不惜爬上石壁，但在按下快門的前一刻，似乎就有所覺悟，曉得相片其實無法傳達出真實的景況。

剛開始只看得到一群黑壓壓的驢子，但慢慢的終於看到一頭又一頭的驢子映入眼簾。牠們的樣子完全不脫我們心目中的印象，前腳被有點寬鬆的繩子綁著，有的傢伙看起來像是心灰意冷，垂頭喪氣的站在那裡，但也有不知為何對著天空亂叫的傢伙。然而，最引人注目的，是在混亂中，果敢騎在母驢身上的公驢。

看來驢子這種動物好像並未如我所想，會因為時地的改變，就輕易放棄，牠們挑逗周圍的異性，並一臉空虛的望著天空。同行的一位婦人驚嘆道：「哇，還真大。」這話應該多少有安慰到那些公驢吧！

這個停驢場的難得光景非常值得一看，且很奇妙的，它讓人有一種熟悉之感，且很能安定人心。牠們散發出的味道，我一開始便不認為難聞。因為那是小時候在現在已經變成超市停車場的那塊田上，時時會聞到的味道。

努內丁在十一名兄弟姐妹中排行老二，目前在費茲大學念語言學碩士班，是個哈日族。聽他從廣島、長崎細數到索尼、本田，卻只能對他過度單純的讚美感到無言以對。但當他在對我們這群沒啥責任的觀光客介紹停驢場時，則露出了難掩的得意表情。我不曉得他對於近代化強加在人類身上的矛盾有多少意識，但我們之間還是有共通之處，我們這群觀光客雖然不至於傲慢到對眼前的光景充滿懷舊，但我們和他同樣認為，和停車場、超市比起來，停驢場和傳統市場更顯生氣，並如實的訴說了人們的生活。

那一天我們在連綿的撒哈拉沙丘上看日落。一反白天的喧鬧，四下變得異常悄靜。但我心中明白，那寂靜還會再生出喧鬧，且喧鬧又會再次歸於寂靜。

（Esquire　1991．2）

就像在看馬鈴薯一樣

我不太有機會看到自己的臉。偶爾在理髮廳會和鏡中的自己面對面，但由於我性屬怯懦，所以總是馬上避開。因為，萬一我看得太認真，鏡中的自己一定會露出難看的表情。

就這點來說，畫家實在很偉大。我非常喜歡林布蘭的自畫像，那已經是很久以前的事了，我買到一張銅版畫，當作寶貝收藏。他畫那張畫時，剛好與那時的我同年，就只是一幅平凡大叔坐在窗邊看向前方的畫，完全不像是在畫他自己。

就好像在看一顆滾到腳邊的馬鈴薯那樣看著自己，看起來沒在想什麼，但表情卻栩栩如生。說栩栩如生，有人會以為我說他充滿了精力，但其實不是這個意思，那張臉跟世間一般的中年男子一樣，顯得有些陰鬱。雖然陰鬱，卻栩栩如生。

渾然忘我，像在看他人一樣看著自己。我也想像他那樣用文字描繪自己，但卻事與願違。我很清楚用文字寫和用圖表現，本來就不一樣，且我更知道不論是用寫的或用畫的，在那之前我就已經是一切了，所以應該很難做到吧！

然而，那位林布蘭卻能在比我現在還年輕的時候，就將年輕時的那種青澀，在自畫像中毫不保留的呈現。循著年齡看著自畫像的變遷，不僅有趣，也對林布蘭的成熟軌跡心領神會，年輕時有年輕時的樣子，他不曾對自己有過不實的描繪。

我對畫畫既無天分也沒興趣，所以不曾畫過自畫像這樣的東西，不過，我曾為自己拍照。這或許有自戀的成分，但不僅僅只是這樣，而是我對把自己當作被拍攝物、用相機自拍這件事很感興趣。

我有時拍鏡中的自己、有時拍自己的側臉、有時露出不好意思的笑容、有時刻意做出凝視自己（其實是相機）的表情，因為年輕，天高地闊。之後，雖然有時會和朋友啟用自動拍攝，但一個人時就不怎麼使用，直到十幾年前，我買了錄影機，很不可思議的，又開始想要出現在鏡頭的前面。

這回因為畫面是動態的，太假仙的話就會馬上露出馬腳。通常我會眨眨眼睛、吐吐舌頭，或是把腳丫子伸到相機的前面，因為是自自然然的不正經，所以覺得很輕鬆自在。但這並非真正的我，或許該說那不過就是我在演我自己罷了。

雖然我不認為所有的畫家都是如此，但跟作家相較，畫家好像更容易擁有一雙凝視自我的眼睛，且可以在不受自我意識的無謂干擾下，描繪出真實的自己。我也曾經試著藉由詩來書寫我的自畫像，但都只停留在滑稽搞笑的階段。

若能拿掉自畫像這樣的主題，應該更能老實的呈現出自己，依我看，這就是文字的特點了。

（清春　1991．4）

等待春天的一封信

前略

不知為何，突然想動筆寫信。

近來好嗎？寫完才想起我們昨夜剛通過電話。

掛完電話我就去睡了。我夢見大江健三郎[16]在騎自行車。我本想叫他，卻留意到我不能這麼做。因為是做夢所以馬上就知道不行。大江的腳踏車車籃內，放了一條紅蘿蔔。

醒來時天已經亮了。

我看向雜草叢生的庭院。草又枯了。想起自己的頭髮，心生不悅。我們的脫毛狀況相似。不過庭院的草再過不久就會轉綠，然而我的頭卻要一路枯萎到底。

換個話題好了。

你對人好過頭了。做人好過頭有時也是一種罪惡。

換個話題好了。

你應該不曉得超再生式收音機吧！我曉得。它利用的是猝熄震盪。讓檢波的真空管可以在電波嘯叫的前一個時間點就啟動正反饋。為了調節電容量，可使用小的變容器。或是把檢波管的屏極電壓改為可變抵抗。如何？覺得無聊嗎？

16 日本知名作家，一九九四年諾貝爾文學獎得主。

忽想起昨夜睡前看的雜誌。是少見的詩的雜誌。其中有永瀨清子[17]女士寫的〈老是老是在原野中〉。我抄前面的一段給你。

因為老是老是匆匆忙忙
所以無暇他顧
我為何如此匆忙
想想　只忙著在自己的溪流中舀水
——那溪水明明老是老是流不停——
且該丟的物件何其多——

這是一首好詩。你偶爾也該讀一讀詩。

春天快到了。今年我家有小嬰兒。所以春天將會更有春意。不是我的孩子。

是我孩子的孩子。跟你說過了嗎？真是好笑。
寫太多的話電話中就沒東西可以聊了。該停筆了。草草
某月某日
某君案下

（CARD EDGE 1992・3）

17 日本現代女詩人（一九〇六——一九九五）。

遇見自己

自幼以來，我經常遇見自己，但到了這個年紀以後，覺得好像就不曾和真正的自己相遇了。

每天早晨為了刮鬍子，不得不和自己的臉在鏡子前照面。眼袋下垂，皺紋持續增多。越來越像父親，真教人蹙眉。不自覺的會和年輕時的自己相比。有時會想以前的臉和現在的臉到底哪一個比較好？但至今沒有結論。只是依然想著，天啊，這真的是我嗎？但我清楚知道，若我哪天真的和自己相遇了，這樣的想法是絕不會出現在腦海裡的。

在漫長的歲月中，臉確實起了不少變化。是否臉變了，人的內容也跟著變了？即使不看鏡子，我也認為我的內容改變了，不，應該說是我希望如此。是因為和自己相遇才有所改變嗎？我個人認為應該是我與他人相遇才讓自己有所改變吧！藉由和他人相遇，也才能遇見自己，那樣的過程，非三言兩語能解釋清楚。因為和他人相遇有如戰爭，是要拚老命的。

勝新太郎[18]先生曾說：「和我這種人交往，連我都覺得辛苦啊！」不過，如果我變成一個好相處的人，那我一定會變得很無趣。我為他的話深深折服。因為我從沒想過和自己相處是件辛苦的事。比起勝先生，我算是個比較無所謂的人，雖說我和自己、他人或世間，都不太有衝突，但說穿了，應是我很會呼攏我自己吧！

其實，每個人都很難和自己相處吧？只是我們都不說自己難搞，而是將責

18 日本著名演員、歌手，電影代表作《座頭市》，飾演盲劍客得名。

任推給他人。在還沒有遇見難搞的自己之前，應該稱不上曾經照見真正的自己吧？巧妙的避開和自己相遇，或許也是一種生存之道。

我已經年逾六十了，遇到的那個自己也超過六十歲了。雖然超過六十，但六十歲的我還看得到三歲的自己、二十歲的自己、四十歲的自己，這讓我很驚訝。和現在的自己相遇，還得看到過去的自己，實在沈重。或許這也可以說是自我的重新洗滌，雖然我覺得我有在做，但這重新洗滌並不見得會把自己清洗乾淨，也不會讓自己變得煥然一新，反倒是線頭鬆了，徒增困擾。

就算和過去的自己相遇讓人無奈，但我還是決定要認清事實，只要年紀變大，不久的將來就會遇到未來的自己。換句話說，不面對老與死，是無法和自己好好相處的。對於再過不久就要和自己道別這件事，我並不會覺得反感，我對自己的寬貸，或許也意味著我對自己很沒轍吧！如果是這樣的話，那我會對自己稍感興趣。那個連自己都沒有意識到的、被隱藏起來的真正想法，到底是什麼呢？挖掘這未知物說不定也是老後的樂趣之一。譬如會看到什麼恐怖的東西。

認為既然是自己的內心就不可能不知道，這樣的想法是錯的。比起自己的內心，說不定別人的內心還比較容易了解。那個位在內心深處的靈魂，其實更加難懂。我對它一無所知的活到現在。真是不知死活。

（朝日新聞　1993・2・8）

老收音機的「鄉愁」

有一本書，書名是《RADIOS OF THE BABY BOOM ERA》。是美國出版的，在日本買的話，一本要價六千日幣。一套六本，將一九四六年到一九六〇年間美國販售的收音機，以廠牌別，藉由照片一一列出。我每晚在床上反覆瀏覽這本書。我到底在幹嘛啊！

一九四五年戰爭結束後不久，日本開始可以買到美國製的收音機。話雖如此，當時還是青少年的我根本買不起。只能拜託店家老闆讓我瞧瞧。就這樣，一見鍾情。我家並非沒有收音機。聽到的播放也沒什麼不同。可是，我卻日夜鬱悶。那到底是怎麼一回事？

或許是一種疾病。幾年之後我又舊疾復發。託日本經濟成長之賜，我已經買得起之前難以高攀的收音機了，但有那樣的身分，其實是一種不幸。處在潛伏期時，偶爾也會出現一些症狀，但真正發病後，變得有些嚴重，我開始蒐集老收音機，陷入無法自拔的泥淖中。更誇張的是，明明還不懂歐姆定律，從小喜歡握焊接桿的我，卻自找麻煩，企圖要把不再出聲的收音機修到出聲。

我的收音機年紀輕的四十幾歲，老一點的有將近七十歲的，全都是些爺爺奶奶級的傢伙。都一把年紀了，還要它們替我工作，實在於心不忍，但沒有聲音的收音機，儘管外觀再美，都很難稱為有生命的機器。對於收音機，我稱得上是注重外表的人，但對於對方的內在也會在意。不必多說，聲音當然也不能太難聽。

也有《THE PORTABLE RADIO IN AMERICAN LIFE》這種書。這有別於前述的那本書，字比照片多，雖然我只是挑著看，但它的寫法深得我意。不妨說，「這是一本考古學的書」。作者是亞利桑那大學的人類學教授。由於我不是學者，對學術性的研究並沒有什麼期待，但看得出來，作者費了很多心血在做田野調查，他以業餘者的身分，足跡遍及旅行時遇到的古董店、各處的跳蚤市場、同好的交換會……等等。

不久前，有個名為「送收音機到柬埔寨」的運動。這個世界還是有一些地方把收音機當成取得資訊的唯一手段。我很開心的把不要的電晶體收音機送到離家最近的回收場，然而，到了那裡，我不由自主的兩眼直盯那座由舊收音機堆成的小山。欣慰的是，我的蒐集品僅限於真空管收音機，所以隱藏在善意背後的不良居心並沒有被人識破，如果去跟我的那些夥伴說，相信一定會有好幾個人眼睛馬上發亮。

人生中的嗜好不勝枚舉，蒐集收音機是否可以看成其中之一？為什麼是收音機，不是高爾夫或盆栽？對於這樣的提問，我無從回答。純粹就是喜歡，雖然背後可能隱藏了各種來自深層心理的動機，但對於所有事物皆日新月異的現代，老舊的東西有其特殊的價值，也是不爭的事實。

老舊收音機的魅力之一，就是它所散發出的獨特味道。就像那段有名的普魯斯特所述的貝殼蛋糕，因為難以捉摸，反而點燃讀者的鄉愁。萩原朔太郎[19]不斷書寫的「nostalgia」[20]，流露出懷舊的深切情感，想必也與前述相通。至於收音機，它所擁有的歷史，也足以讓人對之懷想。

我一點都不想回到現實中的少年時代。但那個時代的收音機，儘管技術老舊，卻無損於它的魅力，或許是因為我們每個人都想從這個來自過去的物品，找回屬於各自的故事吧！收音機也是歷史中的一小塊，關於「人是什麼」這個大哉問，它也給了一點回答。

（IBM USERS　1993．2）

19 日本作家與詩人（一八八六—一九四二）。
20 鄉愁，嚮往過去，懷舊之情。

通信・匯款・讀書・電視及工作

六月九日（星期四）

收信。中部電力廣報誌《交流》《中央公論》《文學界》、小泉文夫《音樂根源有哪些》、集英社文庫《這是我的溫柔》兩部、詩誌《地表》、福島縣現代詩人會會報、西武日產販賣DM、中銀生活照護研習申請明信片、村上隆展通知、天婦羅DM、土岐小百合・明信片詩、安東商店請款單、筑摩書房版稅付款通知、荒竹出版執筆委託、季刊詩誌執筆委託、原美術館「荒川修作畫展」介紹、布村寬追悼會通知、詩誌《蘇芳花》。

發信。福岡啟介氏感謝函、荒竹出版社拒絕信。

匯款。安東商店。「器官移植法相關意見廣告贊同會」。

讀書。《週刊文春》、《週刊朝日》、「美鈴書房」、玉置保巳《歌德的頭》、河合隼雄《孩子的宇宙》。

電視。「青空下的東西屋」完結篇。

六月十日（星期五）

收信。《北島波動》、《文藝春秋》、日本基督教海外醫療協力會「大家一起」、八岳高原音樂季說明、羽仁進監修《活下去》試映會說明、音樂之友社再版通知、「人事興信錄」刊登通知、集英社付款通知、「飛驒國際音樂季東京特別公演」邀請函、伊勢丹拍賣DM、原一男《全身小說家》試映會說明、通話服務請款單、《青木瓜的滋味》試映會說明、NTT電話費收據。

發信。缺席通知二、出席通知一。
匯款。國際人權特赦組織明信片費用。
讀書。《新潮》、立花隆對話篇《生、死、神祕體驗》。
工作。《史努比》翻譯、河合隼雄著作集月報。

六月十一日（星期六）

收信。中江俊夫《氣體狀》、朱爾斯．拉弗格《聖母般的月亮》、高田宏《懸崖》、《吉田健一集成》別卷、宮下洋治《永遠124》、《有趣的園藝》、《IN POCKET》、《言語》、詩誌《心象》、Antique Wireless Club會報、「飛翔教室」鼎談邀約、反對「器官移植」草率立法的緊急聯絡會、雙叟通信、日興證券株式會社市場調查部「機會課」的聯絡卡、住友信用卡服務「聖．海倫」預約申請書、MC樂園事務所移轉通知、兩張疑似同一精神病患寫來的匿名明信片、維多利亞&艾伯特美術館展「英國的摩登設計」開幕式特別公開邀請函、駿台文庫株式會社著作權費計算書、萩野令子展介紹、小山豬劇團公演邀請函、熊本兒童書研究會會報、酒田朗讀會通知、岩波書店發行通知、岩波版稅支付單、新潮社付款通知、上落合通訊、演講邀約。

讀書。河合隼雄《故事　故事》。

電視。超級電視台《情報最前線》、《戀愛八卦》。

工作。翻譯《史努比》、河合隼雄著作集月報。

六月十二日（星期日）

收信。豐多摩同學會會員名簿。

讀書。Antique Wireless Club會報、中江俊夫《氣體狀》。

電視。NHK特別節目《父與子的對談》。

工作。翻譯《史努比》、河合隼雄著作集月報、短詩一篇。

六月十三日（星期一）

收信。一誠堂古書目錄、混聲合唱曲《地平線的另一邊》兩部、五味太郎《俳句好嗎？》、司茜《思念若狹》、《行動人》、錄影帶《卡門》、JASRAC一九九四年總會經常資料、邀稿文章「大人的生日會」、積水房屋土地問卷、日本文藝著作權保護同盟・著作物使用申請說明、兩張疑似同一名精神病患寫的匿名明信片、粹意氣之會・昨天傍晚詩的朗讀邀請、歐文・史提特納展介紹、Maxus電腦升級服務DM、KDD使用明細・帳單、南天子畫廊・版畫展介紹、住友信用卡使用明細、非洲象國際保護基金日本分部AEF NEWS、岩波書店發行通知、巨蛋展介紹、芝高康造展介紹、OCS NEWS、錄影帶收藏排行榜DM。

讀書。《文學界》、弗雷德里克·福賽斯《神之拳》上。

工作。《史努比》翻譯、短詩兩篇。

（LITTERAIRE　1994秋）

失智母親的來信

夜晚結束工作回到家，我的桌上擺著幾乎每晚都會看到的母親的親筆信。雖說是信，但信紙是我當時經常使用的稿紙，上面有她用我的鉛筆草草寫成的像速記一樣的文字。也有不少是寫到一半就結束的。很明顯，那不是寫好後拿過來的，是母親（差不多醉了以後）一路晃到我二樓的房間，在那裡寫成的。由於母親的老人痴呆越來越嚴重，所以內容大致重複。但我深信，藏在字裡行間的，乃是母親最深切的情意。雖然也想安慰她，疼惜她一下，但我的靈魂像是長了腫瘤似的，總是會將原有的心意轉成對母親的責備，偶爾回她，想必也不會對她有什麼幫助。

「來這裡好幾次了，我很想對你訴苦，但想到一個死期將近的母親讓年輕的你感覺不舒服，就覺得很不堪，於是又打了退堂鼓。我只有一件事要說，關於你父親，今晚若是不想，就什麼都不要做，畢竟那些事傭人或任何人都會做。從這段話，就可以斷定我已經是個隨時都可以去死的女人。想到這裡，真是覺得好寂寞、好寂寞。

你父親外頭有女人時，對我既同情又體貼，那時的他很溫柔。但一等到他不覺得自己有什麼愧疚感時，他就變得非常非常冷淡。

真不知如何是好，你的（中斷）」

「我來這裡，完全不想打擾到你的工作。我剛循著夜路，散步來到你這兒。我一邊散步，一邊想著家家戶戶應該都有像我這樣的人。看著家家戶戶燈火通明，不免覺得今夜的這一刻充滿了快樂。」

「今晚我又來了。我好期待你哪天可以開車載我和姐姐去兜風。今晚我好像有些成長。我有點明瞭，不管是男是女，每個人都必須孤獨的活下去。我想，我以前太崇拜徹三了。如果我也是個獨立的個體，是不是也應該做點什麼？而不是依賴徹三而活。我好像明白了，我必須靠自己活著。」

在母親的信件中，夾了兩三封父親的回信，都被我保留下來了。

「十二月二十一日凌晨三點

最近看著妳那讓人頗感無奈的言行，我感到悲傷，現在看到妳寫的文字，說妳打心底覺得我不愛妳，真是胡說八道，從以前到現在，我對妳的愛不曾改變。在這世界上，我最愛的人是妳，妳怎麼會懷疑我對妳的愛呢？

我用話傷人，是基於一時的衝動，妳老是忘記我託付的事，同一件事情，每隔一分鐘要聽妳嘮叨十幾次，基於悲傷，就冒出惡言，這是我為人的不足之處，和我愛不愛妳，根本是兩碼事，質疑我對妳的愛，這樣的本末顛倒未免也太過分了。我無時無刻不在工作，工作被攪亂對我來說是很痛苦的事，這時會控制不住情緒，但跟我愛不愛妳是毫無關係的。（後略）」

那時關於老人痴呆的相關知識並沒有像現在這麼普及，我和父親固然疲於應付母親，卻不能拿它當作藉口。我心中頗感遺憾。我與父親應該優先考量母親的狀況，而不是將工作擺第一。不是出一張嘴，而是陪伴在旁邊，握住她的手，摸摸她的臉頰，讓母親感到安心才對。

母親從以前就很喜歡寫信。我青春期時，她因嚮往當時的暢銷書《少年期》，經常寫信給我，讓我頗為招架不住。另外，順便打打廣告，我最近正在編輯《母親的情書》[21]這本書。書中整理了父母婚前的往來書信，這些信件若是和兩人老後的信一起讀的話，就會心疼母親是個貫徹一生在愛父親的人。婚後父親似乎多次背叛了母親，母親失智後依然被那樣的記憶所苦。不過，在本文中所揭示的信件對母親而言並非恥辱。相反的，我認為那是一件值得驕傲的事。

（LITTERAIRE　1994冬）

單純的事與複雜的事

我曾經看著家中飼養的狗一步步走向死亡。外頭是暴風雪，小狗身體搖搖晃晃的站著。讓人以為牠一旦倒下去，恐怕就再也站不起來了。即使我靠到牠的身邊，牠也是看都不看我一眼。牠大可跟我求救，但是卻絲毫不見意圖。感覺上，牠正獨自拚命想要抵達某個目標，完全無暇顧及到我。

最後，小狗顯得無助。我把牠帶進屋裡，用毛毯裹住牠的身體，想到帶去給獸醫看恐怕會是一種冒犯，所以就什麼也沒做。一早，牠掛在院子一角的薔

21 指谷川俊太郎編輯父親（著名哲學學者谷川徹三）與母親（多喜子）戀愛時期的來往書信集《母の恋文—谷川徹三・多喜子の手紙》（新潮社）。

薇樹叢中斷氣了。因為手腳被薔薇纏住，我費了好大的工夫才將牠拉出來。

日語中有「犬死」這樣的字眼，英文中也有人像狗那樣死去的形容，雖然兩者都用在不好的場合，但我既不認為我所親眼看到的狗的死亡是一種徒然，也不認為那很悲慘。個人以為死亡與詠嘆詩、遺言、喪禮一概無關，不論是以什麼樣的方式死去，死亡的本質是不會變的。想想，不免讓人感慨。

雖然我認為人最好可以像狗那樣，在過完無可炫耀的一生後，自然而然的死去，但天底下好像很難有這麼好康的事，而這，大概是因為我們背負著精神這難纏的東西吧！對其他生物而言，死是理所當然的事，但對人來說，就不是那麼理所當然了，人們總是把它視為是一種異常的事件。死亡是非想不可的一大課題，是非完成不可的大事業，也是非報導不可的大新聞。

可是，徒呼負負，大嘆狗比人幸福也無濟於事。不可諱言，人有人的死法，雖然本質只有一個，但怎麼死，卻千差萬別，而這也造就了世界的豐富。人們會對他人之死多所議論，但遇到狗就不會給予這等待遇了。

我讀山田風太郎[22]先生的《人間臨終圖卷》，對於人們各式各樣的死法，甚為感佩。有人在泡澡時掛了，有人從床上摔死，有人痛苦掙扎至死，有人在睡夢中長眠，有人一心求死得死，有人在斷氣前還在不斷的說「我不想死」，縱使是非凡之人，他的死也不見得就能超凡，有人死得超凡，但也不能只拿這點來論斷這人的價值。

一旦死去，就只是一具屍體，這是千古不變的，但既然死的方式千奇百怪，那麼我就很能理解為什麼我們會說人之死就等於是人之生。同時，我也能接受這與死亡不可分割的活，為什麼難以讓人臻於自由。說穿了，就是其背後潛藏了死亡、意味著死亡。

儘管計畫再怎麼完美，我們都有可能在今天告別人間。根據《人間臨終圖

22 日本著名小說作家（一九二二—二〇〇一），以奇幻忍術小說著稱。

卷》所示，岡倉天心[23]是在三十一歲那年，偷偷寫下自己的「預定生涯」。「第一，四十歲那年要當教育部長。第二，五十歲那年要致富。五十五歲圓寂。」然而，天心死時五十一歲。因為是三十一歲時寫的，所以會寫自己五十五歲要死。如果是五十五歲的時候下筆，恐怕會寫「八十歲圓寂」吧！因為太怪了，所以讓我想要對之戲謔幾句。

如果認真想要規劃走向死亡的時程，那就不必聽任命運，自我了斷就是了。可是，提倡「理性自殺」，並付諸實行的喬・若門[24]雖然決定要在七十五歲那一年結束自己的生命，但因為罹患致命的癌症，必須提早十年離開。

她寫道：「一般的自殺，和抱著對自我人生負責的態度去終結生命是不一樣的。前者是病態的自殺，後者是理性的自殺，不可同日而語。」她主張：「決定從人生退場的意志，和決定破壞生命的意志，有著根本上的差異。」我頗同意她的說法，而且不容否認，像她所說的那種死亡計畫，是有智慧的。

我曾經想過，若是變成植物人，或是因癌症末期受苦，與其看著生命凋零造成周遭的負擔，不如死了算了，可是算準時間好好計畫，難道就能守住作為人的尊嚴嗎？對於這樣的疑問，我還沒有自信給予肯定的回答。無論是在惡臭中活著、在痛苦的呼喊聲中活著，或是緊抓著他人活著，我覺得這些都是人生中的可能，並沒有什麼對錯。

如果覺得死亡超越人的所知，是神祕的賜予，那麼過度理性的思考或是在處理時過度考究衛生，反而會讓我們和死亡距離遙遠。

人類以管理自然、支配自然的角色自居，但是死亡和性這兩件事，是到最後關頭都還在威脅著我們的內在自然。這個「自然」比核能都還要難控制。

---

23 日本明治時期的美術家、美術評論家、美術教育家、思想家（一八六三—一九一三）。

24 Jo Roman（一九一七—一九七九），美國畫家、雕刻家、設計師，一九七九年罹患癌症，因蓄意服用鎮定劑而死。著作《Exit House: Choosing Suicide as an Alternative》支持安樂死，認為人類有選擇死亡的權利。

對於重症病人的死期，某種程度已經可以正確的預測出來了，這是近代醫學值得稱許之處。我忘了是在哪裡看到的，只記得似乎有那麼一句格言，說：「知道自己死期的人，會比那些對死期全然不知的人活得精采。」如果曉得自己什麼時候會死，人面對死亡的態度大概也會很不一樣吧！

「死生雖是大問題，但也是極其單純之事，一旦想要放棄，就能當下解決。」這是正岡子規[25]在《病床六尺》中寫的。我沒生過需要對死有所覺悟的疾病，也不曾有過被宣告死刑的經歷，所以不明白以上所言是否屬實，但我希望如果有一天我罹患癌症，醫生能告訴我還可以活多久。我雖是全憑想像，但總覺得比起茫茫然面對未來那不可知的死亡，就在眼前的死亡應該比較不可怕吧！

若說小狗是循著自然力的消長，消極的接受牠的死亡，那麼人類便是可以藉由精神的力量積極接受死亡。能夠知道死期將近，或可說是人類的一種特權。在死以前要怎麼活是個人自由。雖然那不可避免的會反映出他的為人，但不管是安詳的死去，或是痛哭離去，死亡本身並無輕重。唯有活著的人，可以對此議論，對於留下這茶餘飯後的話題，生者有必要向死者感謝致意。

我繼續引用前述子規的話，他說：「在面對死亡時，與病人苦樂有關的，乃是家庭問題和照護問題。」眾所周知，他曾因為「生理造成精神的煩悶」，而想要自殺。對活在現代的我們來說，要死在哪裡、怎麼死，已經變成是重大的社會問題。這絕非「單純的事」。

伊薩克．狄尼森（Isak Dinesen）在《遠離非洲》（*Out of Africa*）中，有一段描寫黑人男孩奇多希的文字。他遭到身為殖民者的白人雇主虐待，飽受鞭打、綑綁之苦，並被關在一間狹窄的倉庫裡，奇多希大叫「我要去死」之後，

25日本俳人（一八六七—一九〇二），明治時代於俳句、短歌、新體詩、小說、評論、隨筆多有創作。因結核病而歿，得年三十四歲。

在身體未受任何侵害的情況下，他真的死了。狄尼森寫道：「這涉及了想死的決心。（中略）有許多醫師證實，土地上的這些人，只要有必死的決心，事實上死亡就會降臨。」接著，她又說：「奇多希的死，明白的揭示出當自己處於受迫、必須逃離的非常狀況時，他可以靠自己的意志逃向死亡，這是文明人絕對無法阻擋的，也是他們很難被理解的野性的存在。」

這樣的死亡，讓人感動，但那是我們所學不來的，只能說，那是我們這些人的不幸啊！

（新潮45　1987・9）

內在的口吃

因為父親口吃，所以在我的成長過程中並不會覺得口吃有什麼奇怪的。父親是大學老師，據說上課或演講時並不會口吃。不過，在家就不一樣了，他有時會口吃，平常說話有點慢吞吞的美男父親一旦出現口吃，我就會不由自主的感到安心。在電影中聽英國上流階級說話，常常會覺得他們吞吞吐吐，那是一種裝模作樣嗎？或許，那是一種習慣性的偽裝，想藉由說話吞吞吐吐來打造自己的誠實。

父親口吃時說的話比沒有口吃時還要帶感情，這有可能是沒有口吃的人的一種錯覺。但我的確對口條太好的人有一種不信任，而這和我對自己的存疑是無法切割開的。我正是所謂smooth-tongued（能說善道）的那種人。

話雖如此，我的內心卻是經常口吃。這不是來自生理的反應，和一般的口吃不同，而是有了想法或感受，如果不經過內心的口吃，是無法轉化成語言的。在尚未成為語言的模糊潛意識中，許多東西恍惚去來，在一一和現實碰撞後，才一點一點的變成語言吧？

如果是這樣，我認為，口吃的人和不口吃的人之間，並沒有很大的不同。只要不急著要聽出所以然來，願意花時間慢慢聽的話，口吃並不是什麼大不了的問題。在商業圈這個對話頻繁的世界裡，表達有障礙的人，有時在人與人的交流中，反而會帶來好處。在這繁忙的時代，更讓人想要有時間可以慢慢說、慢慢聽。

日前，我參與了JSP（Japan Stuttering Project）的活動，讓我更確認以上的看法並無可修正之處，另外也非常相信，我的看法並沒有藐視那些飽受口吃之苦的人。

（Stuttering Now　1988・11・19）

漫無邊際

我有時會漫無邊際的想事情。有的是一開始就胡思亂想，有的是在一開始想時便想不出個所以然來，於是就變成沒有結論的空想。這種時候一個人關起門來想是不行的，最好是找人聊，或是寫下來，但總是嫌麻煩，會這樣，我想是我多少存有不想弄清事情脈絡的心情吧！

若是對自己或世界抱有否定的想法，那麼，過度明確的想法恐怕會阻礙人的前進。或許是因為害怕這樣，所以刻意在沒有結論前就停下來，然後像魯蛇般慢慢去適應那樣的想法。現在我正在想的事情也差不多是這麼一回事。想著這些，然後將它們寫在稿紙上，到底有什麼意義呢？

我在想，與其這樣，不如去把碗洗乾淨還比較有意義。雖然我知道自己所寫的詩或散文，並非全然讓自己感到驕傲，但我要說的並不僅僅只是這些。不論誰寫了多麼了不起的文章，那文章可以打動人心到什麼樣的地步，是很難說得準的。我感覺那超越了每一位寫手的能力，和時代的變化息息相關。

一這麼想，我的思緒就更加紊亂。而追本溯源，這想法似乎來自直覺，壓根沒有什麼根據。然而那直覺卻比任何不具說服力的說理更像我的緊箍咒。如果不具有想要反彈的強烈情感，或是來自直覺的樂觀態度，那麼，這樣的想法就會有如原因不明的慢性疼痛，讓人備受折磨。

既然這樣，為什麼我還在繼續書寫呢？那是因為我除了書寫就沒有其他的才能了。長期以來書寫也已經變成我的習慣。不管怎麼說，我是可以隨時停筆不寫的，但我卻做不到，這該怎麼說呢？和身邊的人談論生活上的各種問題或話題時，我總是慶幸有語言這樣的東西。可是，一旦面對不確定的多數讀者，我的語言就又轉弱了。

年輕時的我，認為只要思考都會得到結論。就算最後提出的是假設性的結論，也會在那個當下感到放心。年紀大了之後，我認識到所謂的思考應該是等同於沒有結論。我們所想的結論，不過就是為了讓自己安心而有的謊言。只是，這謊言也不見得一無是處。因為，我們就是在一個又一個謊言的推移中活著，直到有一天，真實才若隱若現。

（VILLAGE 通信　1995．4．10）

十噸的卡車來了

家中緊鄰玄關的那個空間被稱為客廳。每個星期日總會有幾名客人，父親在那天是不寫東西的。這是昭和初期蓋的所謂的文化住宅，只有客廳是西洋式的。打開門進去客廳，就會聞到有別於其他房間的特殊味道，空氣中瀰漫著煙草的煙霧，還有書的紙味、皮味和霉味。以前這裡曾經被當成書房，不過在我稍稍懂事的年紀，父親就把最邊間的和室改成了書房。客廳有一個大圓桌，圍繞圓桌的是幾張由父親設計、請人特製的符合人體工學的大小椅子，書桌上擺了一尊頗具重量、由高田博厚[26]雕塑的哲學家艾倫（Alain）的頭像，除了留

26 日本雕刻家、文學家（一九〇〇—一九八七）。

有幾扇小窗，牆面都被書架圍住了。

書架上是擠得滿滿的書，其中最吸引我的是《世界美術全集》。因為對於不上澡堂、家中又無姐妹的獨子來說，這是僅有的觀看裸女的機會。包括「米洛的維納斯」和「裸體的馬哈」在內的一些名作，我都是背著父母偷偷摸摸欣賞的。但想也知道，接近青春期的少年，好奇心是沒有辦法就此得到滿足。在與友人交換資訊時為了避免落人之後，這回我找到的是富山房出版的《國民百科大辭典》。然而，開始在我身上翻湧的那股不知名的浪潮，最終並沒有從那些抽象的圖畫或難懂的文本中得到任何解決，而且也沒能和我那乏善可陳的假扮窮醫生遊戲有所連結，真是讓人感到遺憾。

雖然對父親來說那沒什麼，但我是一直到成人之後才曉得他在蒐集一些春畫。想當然耳，父親不會將那樣的書放在書架上，而是藏在和室書房裡的一個江戶末期的抽屜裡。要是當時的我看到了這些會怎樣呢？或許我那什麼都要靠書來解答的可笑個性就會獲得改善吧！說起來有一點點誇張，但說真的，比起《美術全集》或《百科大辭典》，春畫可以更明快的教會我現實。另外，我想起高中我要練網球時，我先買的不是球拍，而是入門書。父親好像年輕時也打網球，但那本入門書可是我自己用零用錢買的，不是父親書架上的。

客廳之外也還有書架。家中所到之處，可以說都是書架。在戰爭結束以前，父親還沒有自己的書庫，所以，說我是和家中的書一起長大的，一點都不誇張。從以前到現在，在我的認知中，書從來都不是貴重物。雖然我沒有確認過，但我在想，在這種家庭出身的小孩是否對書的情感都很矛盾？像我就是其中之一。我一方面很依賴書，一方面卻又不相信書。記得是小學五年級時，有個傢伙帶「岩波文庫」到教室來。他大概覺得這樣很體面吧！我在那時第一次意識到書有時也可以讓人用來表現虛榮。原本家中的「岩波文庫」我只讀過《安徒生童話集》，但剛好感冒沒去上學，我就從父親的書架中抽出莫泊桑[27]的《羊脂球》，鑽進被窩開始讀了起來，中途被母親發現後將書取走。其實我選那本書並沒有什麼特別的意圖，只不過是因為它很薄，讓我以為應該比較容易讀罷了。

高中在友人的慫恿下，我開始寫起像詩的東西，也因此利用父親書架的機率變高。那個時代的書籍沒有像現在這麼多。我的那些屬於文藝青年的朋友發現了一本讓他們怪吼怪叫的詩集。那時我喜歡的是岩佐東一郎、近藤東、城左門等這些人所寫的帶有幽默、嘲諷的打油詩。友人則是對中原中也佩服不已。我有一本滿是灰塵的作者簽名書《山羊之歌》[28]。當年我對它毫不在意，但後來我也終於曉得那本書的珍貴。前一陣子，我在電視上看《開運鑑定團》，相同的一本書，鑑定價竟然高達三百萬日圓，讓我驚訝不已。現在，我為那本書加了書封，並將它從書架移到了起居室的櫃子，和父親舊藏的春畫一起收著。

父親死後，他的那些藏書要如何處置成了一大問題。最後，英文書全捐給父親長年工作的法政大學，其他的書則捐給在父親老家的愛知縣常滑圖書館。一輛十噸的卡車從常滑過來，因為不能進到家裡，所以只好將書塞進紙箱，再用台車搬運，這樣來來回回，費了大半天才大功告成。我留了幾本書，包括我特別喜歡的封面設計或有紀念價值的。例如昭和四年出版的《飛利浦全集》[29]，我就留下了第一卷。因為我好喜歡〈箱車〉那一篇，文中描寫孩子們在日常中完成的一段小冒險，他們背著父母去買麵包、起司、葡萄酒，然後去郊遊。這本書的後面夾有一張奇妙的紙條，上面寫著「逢市價走勢低落，不拘泥於原價，立馬降價」，原定價雖為壹圓七拾錢，但售價只有九拾錢。

（文學界　1996．10）

27 Guy de Maupassant（一八五〇—一八九三），法國短篇小說家。
28《山羊の歌》出版於一九三四年。
29 Charles-Louis Philippe（一八七四—一九〇九），法國詩人、小說家。

我的生死觀

生死觀到頭來都只是白搭。因為那只不過就是概念罷了。身處現代，死亡根本無法遵循概念。在生與死的後面加上「觀」字，但能觀的只有生，畢竟死是觀看不到的，即便是生，他人的生我們也只能略窺一隅，自己的生也很難看清。那是因為眼睛總是往外看的。這麼說來，剩下的就只是我們自身如何調節內心與社會常識間的衝突了。

以前稱死亡為回歸自然。現今這不過成了一句華麗的詞藻。死後變成灰，再撒在山野，或是放在靈骨塔等著枯朽，照道理說都還算得上是回歸自然，但是這極端人工化的過程，卻也是現代的表徵。就算是想要採取其他方式，也必須耗費許多精力去做人為的努力。

由於人的身體原屬自然的一部分，所以死後想回歸自然這件事堪稱是一種「自然」，但人的身體本身有其社會定位，且都是一天比一天遠離自然，所以，就算死後想順勢回歸自然，也沒那麼容易了。甚至也有人堅決抵抗回歸自然，目前還在冷凍庫度其來生呢！處在這樣的世間，總不能說要學老狗離家，雖然死了卻不見其屍骸，這種優雅赴死的方式，可是難以仿效的。

與其談論生死觀，我想要擁有的，是生死術，或說是生死技。這並不是什麼讓人耳目一新的事，而是處世之道，或說是格鬥技的一種。換句話說就是要怎麼死去的技術。這很不簡單。因為人必須活到臨死的最後瞬間，不到最後關頭，活著的柵欄就絕不會撤離。此外，要經由什麼樣的狀況、變化才能抵達那最後的瞬間，也是因個人的命運而有多端的變化。一切都很難預定。儘管很難有個清楚的脈絡，我還是把我所想的直接說出來看看。

首先是墓地，我已經事先買好了。雖然還沒造好墓，但從父母過世時的經驗來看，只要墓地有了，墳墓就不難搞定。在設計上我沒有很強烈的主張，但如果時間來得及我想先做好，萬一來不及，我死後的版稅應該也還能支付吧！父親的遺言指示，他只要和母親葬在一起，且墳墓只屬夫妻二人，所以我只好葬在「谷川家」的墳墓，未來子孫要守護兩處墳墓，實在是種負擔。雖然辛苦，但也是沒辦法的事。

接著是喪禮。因為墓地在鎌倉的某個寺廟，所以喪禮就在那邊舉行。我也和大多數的現代日本人一樣，接近於無宗教信仰，但從參加過的各種喪禮來看，還是佛教的喪禮最恰當。我雖然喜歡莫札特或佛瑞的安魂曲，但並不希望喪禮中放這樣的音樂。因為我活著的時候都是說日文、寫日文，萬一音樂讓我闖入語言不通的西方天堂或地獄，那我可是敬謝不敏。從棺材到喪禮的各項決定，希望可以謹守分寸。我一生為了寫自由詩勞苦，最後階段採取既定的模式應該也不為過吧！

以上是生死術比較輕鬆的部分，畢竟都是死後之事，只要由我決定好大方向，之後的事就由人處置。所以接下來要談的不是死後，而是「死前」這讓人不知所措的事。在死亡之前都能活得健康，這大概是成千上萬人的理想吧！但能否在有一天瞬間暴斃，就要看個人的運氣了。事實上，我們要思考的是，該如何面對各種可能發生的事態。

第一，我不想捐贈遺體和器官。若要說明理由，會耗盡篇幅，所以省略。第二，我拒絕各種延長生命的醫療，一旦我進入生死關頭，為了死得尊嚴，我將毫不猶豫的投死亡一票。但這並不如隨口說說那般容易。屆時我應該無法清楚表達我的意志，身體的具體情況或身邊人的情感也很難說得準，所以說，我也只能趁現在隨意寫寫藉以表態。

至於我要死在哪裡呢？這又是一個讓人頭痛的問題。可以的話，我想自己選擇我的死亡之所，但如果我是突然倒下，由人呼叫救護車的話，後面的事就只能交給醫院了。至於來日無多的人，實不好要求身邊的人讓他死在家裡，並拜託對方照顧自己。雖然，以前的人只有這麼一個選項。如果真的想自己選擇死亡之所，那或許只能一個人先搬到無人之境生活，但這又太本末倒置了。畢竟，人不是為了追求理想的死亡而活的。

接下來要談的是關於死前階段的老與病，這是不可迴避的。老病死是我們夫婦聊也聊不完的話題，我們對於包括自殺在內的各種死亡及老去，都巨細靡遺的詳加檢討，但令人遺憾的是，結果卻沒值得拿出來自滿炫耀。因為除了「盡人事聽天命」這再平凡不過的俗諺，我們也推不出其他的結論。不過，我倆一致認為，現代最缺乏的，應該就是天命這樣的觀念。說到這兒，「生死觀」到底還是必要的。

（《我的生死觀》1994）

五十年的歲月

昭和六年出生的我，雖然被稱為「御一新後」[30]，但對明治其實沒什麼感覺。這和被稱為「震災後」是一樣的。這一陣子對著年輕人談戰後，卻被告知現在不這麼說了，要說的話也只能說是奧林匹克後。人好像很難對於自己出生前的事感同身受。但是如果什麼都只能從自己出生後開始，那就沒有歷史這回事了。有「個人史」這聽來讓人不舒服的詞，意味著想把自己這微不足道的存在放進歷史，表現出來的正是自己那猥瑣的野心。個人史如果翻譯成英文，不

30「御一新」為「明治維新」的老舊說法。「御一新後」指明治維新以後出生的世代。

過就是履歷書罷了。

朦朧的過去和更加模糊不可測度的未來，兩者的交接點正是現在，現在中看似有我，但追溯過去要追溯到什麼時候才能看見自己呢？想像未來又要想像到什麼程度才能安自己的心呢？因為答案無從知曉，所以會想要在那如鰻魚般難以掌握的時間中，找到足以斷代的時間點。一九四五年確實是個很有用的座標。有些事物在那一年結束了，也有些事物在那一年開始。但那年我十四歲，對我自身來說，並沒有所謂的開始或結束。自一九三一年開始面對世界以來，我就一直持續展開我的世界。就算不喜歡，也必須如此。

從一九四五年到一九九五年的戰後五十年，我更在乎的是我從十四歲到六十四歲的這五十年歲月。當然，時代的變化和我個人的變化無法分割，但是要站在哪個角度看，卻深深影響我們所能看到的東西。然而不管怎麼說，比起看得見的東西，看不見的東西更多，超級健忘的我歷經混亂的五十年，清晰記得的事物只及一二。

首先是京都島津製作所製造的電壓測試器。那時我在上中學，正是發行新紙幣的時候。我忘了當時的價錢，只記得並不便宜。我纏著母親要她買給我。在人造樹脂儀表板上有個圓圓的計量器，可以用來測試電流、電壓或電阻。我並沒有特別可以拿來測量的物件。只因為電壓測試器是想要自己組裝收音機的人不可少的配備，所以無論如何我都想要。戰爭期間有句「動手做科學」的標語，但對我而言，電壓測試器跟科學一點關係也沒有。純粹只是它的形體和機能給人一種莫名的快感。

五十多年來電壓測試器並沒有多大的改變。不同的是，與當年差不多功能的測試器現在被擺放在塑膠盒裡，體積變小了，價錢也變便宜了，而且在DIY專賣店都可以買到。另外還有電子萬用器這類新的產品，上面既沒有圓圓的計量器也沒有指針。只有在矩形的視窗上並排著一些數字。這東西我也有，但我依然不懂得有效利用，這和五十年前的我並沒有多大的差別。從十三歲到現在，「動手做科學」在我身上並沒有發生任何作用。

在路邊陰暗的小店，被慎重從玻璃櫃拿出來的，正是進駐軍美國製的手提收音機。從避難地京都回到東京時，我正值舊制的中學三年級生，壓根買不起那美麗的小東西，只能誠惶誠恐的對著它發出嘆息聲。進入那家店總是讓我充滿罪惡感，原因之一是它是所謂的黑店。現在回想，那台收音機很有可能是RCA Victor的代表作54B1。當然那時還不是電晶體時代。那是可愛的真空管泛著紅光的時代。

我開始買一些便宜的零件自組收音機。FEN在東京的台呼是WVTR。我經常收聽到好萊塢露天劇場的演唱會實況。也因此，我寫了一首詩。

低空中

從暴風即將來臨的加利福尼亞
傳來電波
（藍天或高樓都有檸檬的香味）

四十幾年之後，我寫道：

老收音機隱約傳來人聲
那聲音聽來像是老收音機還很新的時候
買不起它的
少年時代的我
自身的聲音

經過了好幾十年的空白，我現在像孩子一樣，又對真空管收音機充滿興趣。大多數的同好都是同年代的。我和他們一樣，不知不覺也晉級到買得起昔日所憧憬的收音機了。那讓人懷念的究竟是什麼？少年時代對我來說不堪回首，四〇年代後半至五〇年代的美國也稱不上是讓人懷念的老美國。就技術面來說，當然我也不至於陷入懷舊的趣味，認為類比電路就一定比電子好。說來說去，結果就只能說是五十年歲月所帶來的作用了。時代的變化和自己的變老顯得難分難解，這實在讓人有些抓狂。

（《戰後五十年與我》　1995年）

我的「Life Style」

平日我最常穿的衣服是：夏天T恤、冬天毛衣，再搭配一條牛仔褲。夏天如果太熱，而且是小小的聚會，我也會直接穿那樣的組合出門。我認為只要身上穿的衣服乾乾淨淨就不至於失禮，不過能容許我這樣我行我素，大概跟我不隸屬於任何組織，且做的工作並不受限於身分高低有關吧！當然我也會知所節度，且對於穿著隨性這件事，還是會感到不好意思。到底服裝的偏好可以反映出幾分當事人的人生態度，實在很難有個標準，但我在不知不覺間，已經不穿西裝，不打領帶了。光是想到穿正式晚禮服或燕尾服，我就覺得全身不自在。

太緊的衣服我不喜歡，這不僅僅是因為身體的需求，其中還隱藏了我的心理需求。可以說，我之所以不想穿太緊的衣服，和我不想被僵硬的組織綁住是出於相同的心情。我很不善於面對規格化的儀式，穿西裝就不必說了，若穿上正式晚禮服或燕尾服就代表進入了某個特殊的社交圈，自己好像得假扮成另一個人，真讓人覺得難堪，而且會覺得自己好像在學西方的猴子舉手投足。最近日本似乎有越來越多的男士身穿燕尾服，看起來卻非常稱頭，不再像是跟猴子有樣學樣，我雖然也曉得，我對燕尾服的感覺多少有著時代的錯誤印象，但對於在戰後看到一片焦土以及黑市的風景之後，那難以磨滅的印象，讓我在面對同為輸入品的這些東西時，會一股腦的認為，原本穿在勞動者身上的牛仔褲，和我的身體及心情都是完全吻合的。

至於羽織[31]袴，跟我實在不搭。由於我從小都穿西式服裝，所以現在突然要叫我穿和服，就會顯得格格不入，看起來一副在假扮明治時代的男人，讓我覺得很不舒服。我是個在西洋和日本之間擺盪的人，唯一能做的大概就剩下死抓著牛仔褲不放了。牛仔褲現在廣受世人的喜愛，只要穿上牛仔褲，或許我就可以自認為是世界公民（？）的一員了。我的父親生於明治時代，他在家穿和服，出外則會老老實實打上領帶，也因此，對我的穿著大概很常搖頭嘆息。父親不曾穿過牛仔褲，但他喜歡穿鬆鬆垮垮的工作長褲，我喜歡穿垮褲的父親。

穿著在不知不覺間會表現出一個人的 Life Style。可是，現在卻越來越難憑藉著穿著去判斷一個人。大臣在家說不定會穿牛仔褲，同樣的牛仔褲也會出現在小混混的身上。對於穿牛仔褲的人，你很難從他身上穿的牛仔褲去判斷他做的是什麼工作，以及他是一個什麼樣的人。如果說 Life Style 的 Life 指的是內涵，Style 指的是形式，那麼藉由形式來反映內涵的時代其實已經過去了。如果光從形式已經很難去論斷一個人的內涵，那麼，現代的 Life Style 想必是

---

31 和服的一種短外套，可作防寒、禮服等之用。

隱藏在更難以探尋的深處吧！

以前的嬉皮代表的是一種 Life Style。但在那個時代應該沒有人會認為上班族也是一種 Life Style。嬉皮是自己選擇要當嬉皮的，可是上班族就算有些例外，但自己選擇要當上班族的人恐怕少之又少。如此一來，憑一己的意志選擇了與大多數人不一樣的生活方式，表示這或許是在與大多數人對抗，而這樣的生活方式才配被稱為 Life Style 吧！也就是說，Life Style 是新的生活方式的別名。舉例來說，現在有人把保護環境當成是他的人生目標，他們的生活方式或也可以稱為是一種 Life Style。但在我們的心中，難道不認為這些人也不過就是一丘之貉，沒什麼了不起嗎？

仔細看現今的日本服裝，一件一件顯現的是各種 Life Style 的共存關係。大概有不少人會開始對眼中所見的外型漸漸起疑，想著每個隱藏在外型深處的內涵，竟超乎想像的一致。既然人們可以選擇自己的 Life Style，那就要選和

Life Style 相呼應的物件，只是處在現今什麼都有的狀況下，大多數的人應該都已有所體認，認為不管選擇什麼樣的 Life Style，最後也只不過就是殊途同歸吧！不過即便我們覺得內涵的一致性很高，但若是看著每一個人，還是會發現也不盡然如此，反而會覺得這中間充滿了難以言喻的複雜。

長野奧林匹克的金牌得主原田選手據說有個綽號叫「微笑原田」。我在電視上看到的原田選手確實不管輸贏都保持微笑。有人問他：「為什麼輸了還笑呢？」原田回答：「這是我的 style。」不過，他的妻子惠子女士卻說她發現丈夫的笑容有各種不同的解讀可能。「發自內心的笑容、帶著怨懟的笑容、無奈的笑容，這中間有著微妙的差異。」眼中見到的不過就是一個笑容，但隱藏在這形式背後的內涵，卻因時而異，在大家取得團體冠軍的那一刻，喜極而泣的原田選手，他的笑容「style」崩解了。當我們看到這一幕時，因為窺見原田選手不被 style 綑綁的內在而感動不已。我希望大家都能對「style」的崩解持肯定的態度。

Style 這詞很難捉摸。在美術這個領域它被譯為樣式，在文學中被稱為文體。譬如當我們閱讀一篇小說，我們會循著故事的軸線，去享受作家的描寫。但是在此同時，即便我們沒有意識到，我們其實還讀到了它的文體（風格），這是比故事軸線和描寫都還難以說明的部分。而我相信一篇小說的真正價值來自於它的文體。那麼，表現在文體上的到底是什麼？我很難用語言形容，如硬要說的話，應該說是那位作家的生命態度吧！

文體或許是一種型態，但它很難用肉眼看出。文體中隱藏了作家的生存方式。或許，從現今的角度來看，所謂 Life Style 中的 style 和文體，同樣都很難用肉眼看出來了。雖然眼睛看不出來，但是我們可以用心感受，並從中看出那個人的「個人風格」。有時我們會對之反感，有時則會受到激勵。我認為，活著這件事，本來就是無法捕捉到形體的。就算想要在一個器皿中放進生命裡的所有混沌事物，生存的能量還是會從器皿中流瀉出來。即便這樣，我們每個人都還想要給生命某個一貫的形式。

賓士汽車的價值不菲，以前是專門給有錢人和黑道大哥開的。但是從泡沫經濟以來，街上已經呈現賓士氾濫的景況。例如也有住在四帖半租屋的年輕人開的是賓士車。那樣的年輕人乃是憑著自己的價值觀和喜好，做了一項選擇。住四帖半的榻榻米、開賓士車，就算稱不上是他整個人的 Life Style，也稱得上是重要的部分，我們在活著的每個瞬間，即便沒有特別意識，也是經常都在為自己的 Life Style 做大大小小的選擇。

Life Style 與選擇的連結，不管怎樣都比表面的「生活方式」還要深刻，我認為那應該就是一個人的「生存態度」了。選擇包含了隨機選取以及攸關一生的重大決斷。或許也有被迫的選擇、唯美的選擇，當然，也一定有道德上的選擇。有時是迷惘好一陣子之後做的選擇，有時是自己預想外的選擇，但這些都會表現在那個人的行動中。行為不見得就和那人的言語一致。但在他人的眼中，還是會浮現出他的為人。作為一個不屬於既定的型態、不屬於某個團體的極端個人化的個體，我是否應該重新思考，現今漸漸看不出形式的 Life Style？

（《現代日本文化論5》〈Life Style〉 1998）

為一個人生活辯護

我現在在東京過著獨居的生活。戶籍上我沒有家人，但兒子、媳婦和他們的兩個孩子就住在隔壁，有時我們會一起吃飯，所以也不妨稱我們是鬆散的一家人。只是，現在的我不論是經濟上或生活上都能維持獨立，所以在意識上，認定自己是獨自一人會比較恰當。從統計的角度來看，我應該也被納入所謂的獨居老人了。我必須小心火燭，避免因為個人的不慎引發火災。

有不少朋友也都是一個人生活。有丈夫先走一步的九十幾歲、八十幾歲、六十幾歲、五十幾歲的女性，也有不需要男人、只要有貓同在就可以的三十幾歲女性，與此相反的，有雖然想要結婚，卻仍然和父母住在同棟不同層公寓的單身女性，這些人的共通點是，不依賴他人或親人，在經濟上全都自己獨立。對於還有機會生子的女性，雖然多少有些猶豫，可是一旦體驗了一個人生活的逍遙自在，或許就會變得把和他人共同生活視為洪水猛獸。

環顧四周的男性友人，獨居的人好像沒幾個，至於家人的組成則千奇百怪。當然，也有一對夫妻加一兩位子女的標準家庭，或是只有夫妻兩人的組合。他們可能是小孩已經獨立出門的夫妻，也有不生孩子的夫妻，或是想生孩子卻生不出來的夫妻，看著這些人，常讓我覺得，夫妻一方面成了家人，但實際上卻是男人、女人兩個個人的共生關係。

或許跟我是獨生子有關，年輕時在我心中我的家人就是理想家人。我想起很久以前我曾經和畫家朝倉攝[32]先生談論人類社會的基本單位到底是什麼？我當時主張那是由一對男女所組成，朝倉先生說先有家人，才有個人。現在的我傾向朝倉先生的見解。我生了兩個孩子，一路犯錯走過漫長的家庭生活，最後變成了孤單老人，像我這樣的人並非特例，白頭偕老是我一直以來的憧憬，即便是現在，這樣的憧憬也未全然消失，只是，我心想，不管如何我還是要先有心理準備，那就是接下來我要盡可能的維持一個人的生活。

對男人來說，家庭這個基地經常是他們戀母情結的歸依所在，我是到了這個年紀，好不容易才察覺到這點。我漸漸覺得，比起相互取暖、相互依存的家人，讓關係不那麼緊密的個人聚集成家應該會比較好吧！我認為，處在這個時代，就算有血緣關係或是兩人立下結婚的誓言，我們還是有必要把自己以外的人識為他者。

（《家人何處去》　２０００）

32 日本舞台美術家、畫家（一九二二—二〇一四）。

跟著身體走

據說我小時候體質虛弱，動不動就感冒發燒，扁桃腺和咽扁桃體都切除了，也沒什麼效果。不過進入青春期之後我就變強壯了。當然現在偶爾也會感冒，但不曾生過什麼大病。自切除咽扁桃體以來，我就不曾住院。雖然我不信神，但還是要感謝老天讓我有健康的身體。

可是健康的我還是躲不過變老這件事。一直以來我不怎麼運動，酒喝得不凶，也很少熬夜，對於體力大不如前雖不至於感慨，但四十幾歲以後開始老花、亂視，牙齒也是掉的掉、搖的搖。如果說我完全不排斥戴老花眼鏡和裝假牙，那是騙人的，但我對抗老可以說興趣不大。老有老的趣味，我強烈希望我可以盡可能的享受老後。當然，享受老後並且把它當作一件有趣的事，所指的不是身體，而是心情。

有人老了以後變得很沒耐性，也有人老了以後神經變得很大條。我可能是因為拜身體健康之賜，也可能是因為人生告一段落後壓力減輕，我發現，隨著年齡增長，我變得越來越無所謂了。年輕時在意的事現在變得無關緊要，年輕時有無論如何都想弄到手的東西，現在那樣的狀況變少了。我感覺變老之後比以前更自由了。這說不定是感受力變鈍了，感情也變得平淡之故。

所以說，當人開始對世事變化不再大驚小怪，大概就更靠近死亡了。雖然我不想在痛苦中死去或是死前讓身邊的人因我而苦，但對於死亡這件事我不認為它有什麼不好。和這個世界告別或許會感到寂寥，但對於死後的自己會變怎樣，我很好奇。如果有人問我我對未來的期待是什麼，我會回答「我想好好的死」。這是相當自我的回答，但都這麼一大把年紀了，就容許我任性一下吧！

我對孫子們的未來並非不在意，為了他們的未來，我願意盡力做我所能做的，但說到人類未來這籠統的概念，我就不怎麼去想了。與其想這些，不如珍惜每天的生活，雖然連這樣的想望都很困難。

也有人跟我一樣，喜歡喪禮勝過婚禮。喪禮只有過去沒有未來，所以相對輕鬆。婚禮沒有過去卻全都是未來，會讓人喘不過氣。變老的好處在於，它的過程緩慢，會讓人覺得自己對於社會的責任正一點一點的卸下。已經不必什麼事都要對別人有用，可以按照自己的意思好好度過剩下的人生，雖然這是老人的特權，但也有人覺得那是一件痛苦的事吧！這和接不接受自己變得孤單有關。不求他人，能發自內心湧現多少的生之愉悅？這或許是我老後的課題。既然老都老了，我希望我可以當一個陽光老人。

多虧身體健康，一直以來我不太意識到自己身體的變化，不過，最近就對自己的身體很有感覺。在語彙上，身體與心是有所區分的，但其實它們是分不開的，我個人以為，隨著老化，身體左右心靈的程度會比心靈左右身體的程度大很多。話雖如此，我也不會因為這樣就熱中於實行各種健康法，或是特別注意自己所吃的食物。我只是順應身體的自然，提供身體所需，拒絕多餘的東西。吃的喝的都是如此，連讀的書、選取的資訊也是如此。與其增加我寧願削減，與其過剩我寧願不足，這是身體教我的，我的心也順應我的身體。

在我的想法中，大便、小便就是生存的極致表現。或許，所謂的老就是讓我們從概念或想像中掙脫，讓自己變得自由，用赤身裸體的方式過活。

（TARZAN　2001）

二〇〇一年一月一日

三個1並列，看起來好像站在起跑點的三個人。我好像聽得到為我加油、鼓勵我重新出發的呼喚聲，然而我已經不年輕了，很難再重新設定自己。雖然大家都說新的世紀來臨了，但我並沒有因為這樣就有煥然一新的感覺，而且我也不希望變新。

我已經經歷過七十個正月了。屠蘇酒、年糕湯、雜煮、羽子板、放風箏、搶紙牌、福笑[33]、壓歲錢，舉凡這一切我都經歷過了，但卻不記得每個當下我有什麼新想法，或是做了什麼新決定。雖說有「一年之計在於春」這樣的格言，但我不曾遵循過。我很不善於訂定計畫，我老是像沒頭蒼蠅那樣展開新的一年。不只是一年，我的一生也都缺乏計畫。通常，小孩不去管過去、未來，他們只活在當下，看來我即使長大成人，也一直跟小孩沒什麼兩樣。

雖然我這人不去訂定計畫，但我終究還是來到了要思考過去和未來的時刻。想想過去卻無從改善，不免讓人心生寂寥、庸人自擾起來。有可能是因為我總是活在當下，也有可能純粹是因為忙著過日子，以前我不太能夠理解寂寥或是深切的滋味，不過，最近我的舌頭好像變得比以前靈敏了。思考未來時，不能不參考一下過去酸甜苦辣的各種滋味。這麼一來，我所感受到的現在就不同於過往，它變得百味雜陳。是不是更老之後，我就會變成美食家了呢？

我忘了是誰寫的一行詩、還是誰的墓誌銘上刻的文字，總之是一名西方人用「活過、愛過、死過」這幾個字來化約他的一生，那簡潔的描述固然讓人感

33 日本新年時玩的遊戲，過程中大家的表情逗趣，笑聲不斷，傳說可招來福氣。

動，但也讓我心中存疑，心想那樣不把細節看在眼裡好嗎？那樣會不會太直接太露骨了呢？我曉得如果每天老是被生活瑣事團團包圍，那就不足以成就大的思想或觀念，也無法變得深刻，但是隨著年紀增長，越發現用心感受或藉身體行動，都比用大腦思考重要。既然那還不算抵達終點，那就不妨把它當成起點來看好了。

去年年底我和幾個朋友一起討論某家出版社的繪本出版企劃。我們想要用繪畫、照片和短短的文字來一一列舉日常生活中會讓人感到幸福的瞬間。譬如早上醒來聞到米飯剛煮好的香味、撿到修理一下就能用的某個東西、跑向山丘的頂端映入眼簾的是一望無際的大海、摘下剛成熟的番茄並咬一口、和同一天生日的朋友拍一張立可拍……等等，我們想要藉由這樣的安排，讓讀者察覺到，原來生活中充滿了稍縱即逝的小歡樂。

這個既沒有故事性，也沒有戲劇性的繪本企劃，引來海內外好幾位畫家、攝影家的支持，這讓我感到相當驚訝。我想，現在這個時代的人們，任誰都渴望生之喜悅，也都想要追尋這樣的東西。或許就是因為支撐我們活下去的理想或對未來的想像都已漸漸流失，所以人們只好轉而倚賴來自於感覺的瞬間歡愉，正因為釋迦牟尼佛說活著就等同於面對無邊的苦海，也因此即便是小小的一件事，人還是隨時會想要在其間尋求歡樂，依我看，大人的需求比小孩還要強烈。

年輕時我開始使用「生之愉悅」一詞時，用的是法文，不是日文。有可能是電影，也有可能是小說，總覺得那句話有些做作，讓人聽起來渾身不對勁，大概是因為在那個時期還有好多快樂的初體驗和有趣的事物在等著我吧！不知現在的小孩和現在的年輕人怎麼樣？歡愉和快樂、期待是不一樣的，既不能用金錢換取，也不能從他人的身上獲取或搶奪，因為它是從生命的源頭湧現出來的，所以無從訂定計畫。生命有悲有苦沒有關係，在悲苦之餘能不失歡愉的活到最後一刻是我的期望，但是在如今這樣的時代，這簡直是一件高難度的事。

（讀賣新聞　2001・1・1）

二十一世紀的第一天

二十一世紀的第一天早晨，我將牛骨朝在空中飛的鳶鳥丟去。牛骨落了下來，直接打在我的腳背上，很痛。太陽在藍空熾烈的燃燒。

科學家說真空並不是空的。同時還說時間空間都不存在，一切皆「無」。我認為對這種事在意會沒完沒了，不過也能理解，就是因為沒完沒了，所以對有些人來說它太有趣了。

諸位有所不知，我常想二十世紀對我而言最重要的，就是我來到了這個世界；至於二十一世紀最重要的事，則是我要從這個世界離開。

夜晚，我誤把冰箱裡的伏特加當成海洋深層水，一飲而盡，也因此睡了個無夢的好覺。

（廣告批評　2001．2）

語彙之旅

天空

從以前到現在，我的詩經常會出現天空這兩個字，但在日常生活中我卻不常使用。雖然我時不時會抬頭仰望天空，但那和農民或漁夫看天的方式大概很不一樣。沒把天空當成物件。天空和自己的生活無關。所以我有一個傾向，那就是把天空當成是一種抽象物。藍天的藍有濃有淡，有白雲飄過，還有各式各樣的晚霞……天空隨時都很漂亮。可是我常常覺得煩躁，生氣莫名。因為，我真的好想和天空融為一體，但又知道這是永遠都不可能實現的夢想。

有一段時間，我認為藍天奪走了我的一切，它簡直就是我的敵人。「我頂上的我的唯一敵人　是乾爽的藍天　它奪走了我的一切　不論我追它　襲擊它

甚或愛它　都要等到我死　那繼續掠奪我的藍天　才會失敗　你再也無法奪走我　我第一次不怕藍天　不怕那沈默無垠的藍」（〈比利小子〉[34]）。與其說這是實際的情感，還不如說這是一種概念，我曉得為什麼我當時在看流行一時的西部電影時，並沒有把它當成是描寫人與人的戲劇，而是當作人與宇宙間的故事來看。持槍者所面對的不是社會秩序，而是宇宙的虛無，開拓者所建造的家庭，在我看來，乃是對抗虛無的堡壘。我想要將人的生存座標，放在無限的宇宙當中。那樣的觀點並沒考量到美洲大陸最早的住民。他們原有的與自然共生的智慧，以及他們不跟宇宙對立並尋求和諧的智慧，我都是到了很後來才知道的。

現在的我也用和一般人一樣的眼神看著天空，空中的時間和我在現世生活

34 Billy the Kid（一八五九—一八八一），美國著名槍手、西部傳奇人物。

的時間好像有點落差。不過，頭頂上有天空，確實讓我時時保持安心，而那樣的安心說不定和我的死亡是有連結的。虛空是我喜歡的語彙，空的發音我也很喜歡。如果死了，我大概就回歸大地了，我總覺得那和融入空中是同一件事。或許，虛無已經不再是我的敵人了。

十八歲的我寫下：「越過花／越過雲／越過天空／我會一直一直往上爬」，最後可能會「與神／靜靜的交談」，但六十歲的我寫的是：「一天不盡然都是晚霞／光是站在那裡不動是活不下去的／儘管它是那麼的美麗」。兩首詩的中間有著我度過的歲月，但是，另一方面，詩的價值又跟作者的成熟與否無關。

星星

我一點天文學的知識都沒有。既不知道星座的名稱，也不曉得北極星在哪兒。日前到友人家中看到天文望遠鏡，由於不曉得怎麼操作，竟然連月亮也沒看到。不只是星星，舉凡跟具體細部有關的知識，我幾乎闕如，這是我的弱點之一。至於我的武器，大概就是不依賴知識的直覺吧！就算不了解星星，對於星星的意涵，甚至是它的無意義，我都有一些感應。我經常自以為是，認為如果有感覺，知識就沒什麼必要，而這和我寫詩的功過息息相關。星星是具體之物，但我也認為它同時是我們人類命運的一種象徵。我是基於這樣的理由才使用星星這個語彙。我並不討厭研究、把玩機器，但怎麼看我都不是個有科學想法的人。我雖受科學分析後所呈現的世界觀影響，但光靠科學教我的那些事，我認為我是無法活下去的。

年輕時我喜歡把地球視為一顆星，也寫過無數次這樣的內容，但我個人以為，現在若用太空人的觀點來看地球，很顯然和匍匐在地的人類是格格不入的。「宇宙不帶任何感情／所以星星看起來才會那麼美麗」（〈Pansy〉）。幾年前我寫這句詩時，並非站在宇宙那一邊，而是站在人的這一邊設想。因為知道自己的手無論如何都搆不到星星，所以我才能將它當作一種概念或是抒情的玩物，如果能對此知道得更透徹，想必我除了映在眼中的星光，就什麼都看不到了。或許，有人會認為這是想像力的衰竭。

早晨

在一天之始的早晨，我常常在處理我的作品，而早晨這個語詞或也是我常用的語彙之一。藉由統計的方法調查詩人使用某個語彙的頻率後，再來推斷那位詩人的人格特質，想必是個滿有趣的方法，不過我沒有足夠的耐性做那樣的事，只能隨性舉幾個想得起來的例子。

「早晨的街道雲量九成」（〈灰色的舞台〉一九四九）、「早晨的空氣凜冽／拒絕了所有的妥協」（〈早晨〉一九四九）、「我等待如弓的早晨。在濃雲夕暮下的窗台我等待如弓的早晨」（〈弓之早晨〉一九五一）、「晨光之喜悅及醒之痛苦」（〈十四行詩7〉一九五二）、「將昨天的早晨還來」（〈十四行詩42〉一九五三）、「中午的藍天是個謊言／在夜晚的真心呢喃中我們睡著／早晨一到大家都說做了一場夢」（〈十四行詩45〉一九五三）、「我們只是靜靜的手牽手／一日之晨又來了」（〈一日〉一九五五）、「早晨是向一切說早安的唇舌／早晨是帶走所有瞌睡蟲的雙腿」（〈早晨〉一九五五）。

我將早期的作品重抄過來，看到自己那樣持續寫，是否可以因此窺見隱藏在自己裡面的一些什麼呢？這讓我感到極為不安。我只不過就是在不同的時候將我對早晨做的聯想轉化為文字，當它們變成文字之後，對我而言的那個現實中的早晨好像就消失了。以前我曾經出過《三十三個提問》這樣一本書，有不少是我強迫友人提供回答，其中的第十七個提問是：「請描述一下對你而言最理想的早晨是什麼？」

針對這個問題的回答，撇開細部不說，大致可以分成兩類。一類的回答把早晨醒來當成是一件快樂的事，另一類的人則回答很痛苦。平常在工作上精力充沛的人，反而嘆息：「早晨真是不想起來啊！」至於夜貓族則有人說：「早晨，一睜開眼睛，就想著今天要做什麼？想著想著就開心無比。」讓我這個提問者意外地到驚訝。

年輕時怎樣我不太記得了，但現在的我認為早晨一點都不愉快。可以的話我想一直躺在床上，在朦朦朧朧中度過我的餘生。不過，屬於我的早晨氣氛雖然單調，但我不太會把這樣的現實老老實實寫進詩裡。「為什麼重複總是出現新意／早晨的光和你的微笑都是」（〈早晨之光〉一九九三）。我承認，我這人會把氣氛看得很重。我不會被固定的模子框住，如果不能在詩句中表現曖昧的情感和認識的複雜度，詩的魅力大概就會減半吧！

花

這絕不是在炫耀，但我寫的文字中確實很少出現具體的花名。那當然是因為我不曉得花的名稱。早期的作品〈山莊書信〉曾出現麝香萱、薊草花、地榆、女郎花、紫斑風鈴草等，但這些花是我小時每年夏天度假的群馬高原會開的花，好像在不知不覺間就記住了。我曾寫過「無名的野花」這一行詩，結果被朋友罵說所有的花都有名字。

取名字這個行為，表達了愛、關心和敬意，而且名字和實體有著很難切割的關係，這確實表現出語言本質的一部分，但我還是會認為，當我們對眼前一朵花的精緻之美感到讚嘆與敬畏時，為它取名這個行為，可以說是對自然的褻瀆。人類藉由無止無盡的命名發現了自然的秩序，也發現了宇宙的秩序，並進而想要支配它們，但在我們的內心深處，還是隱藏著我們對於那些無名的、無法化作語言的事物抱持敬畏。詩算是一種重新命名，是有別於科學的另一種探索世界的方法，除此之外，詩還隱藏著我們想要回到前語言狀態的那種無可遏抑的欲求，我這樣說，不會被看成是在自我辯護吧！

就像感知星星不需要天文學一樣，感知花只要曉得花這個集合名詞就夠了。每一朵花都有各自的微妙纖細，我不認為我對這樣的差異感覺遲鈍，而且我也會區分喜歡的花、討厭的花。只是，再怎麼努力想要記住花名也是倏忽就忘。不過，我已經開始一點一點的在記山菜的名字了。因為僅僅些微的差異，就有可能吃到有毒的山菜。畢竟不是光看而是要吃，跟身體息息相關，我不得不注意。不光是花，還可以套用到我的人際關係。我認為唯有和一個又一個的個人發生關係，我的語言才有可能和現實抗衡。

最後來說說我的偏好，我喜歡樸實的小花勝過華麗的大花，比起花店賣的花，我喜歡長在野地的那些野花。

活著

我在青春時代，可以把活著和生活這兩件事情分開來。也不知道抱持這樣的觀念是幸？抑或是不幸？現在，我雖然認為活著不可能抽離生活，但寫詩所求的，或就是那抽離的瞬間吧！並非經營生活、讓生活變為可能，或是面對真實世界的各種框架，才是現實，在那底層還隱藏著赤裸裸的現實。雖然除去生活的面紗、正視剝開衣服後的赤身裸體讓人害怕，但它又帶著甜美。然而真正的生命或許連那樣的意識都是多餘的。對於「活著真好」這通俗的感慨，讓人覺得不自在、會起雞皮疙瘩，主要是因為我們清楚知道，活著既不輕鬆也不淺薄，要回應活著是怎麼一回事，絕不是那樣的一句話就可以表述。我認為，真正的活，是無法回答，是更讓人不安的。

我有一首名為〈活著〉的詩，超乎想像的廣受讀者喜愛。在這首詩裡我想說的是，我試圖在現在的一瞬間找到我對活著的回應，對於過去與未來，我全沒放在眼裡。換句話說，在歷史浮現的剎那我們看到了人，基本上，詩的形式就是屬於這個稱不上是時間的瞬間。從日常的眼睛來看，那是非現實的瞬間，但就是因為有這種瞬間的激勵，人才過得了那長長的一生。我用「現在活著」這不帶任何主張的語句描述，但聽起來卻像是鏗鏘有力的斷言，會這樣，大概是因為我們分分秒秒都意識著正在離自己而去的「現在」，而這也是我們對歷史的意識之一吧！

父親

我是到了父親死後，才對父親這個語彙有著血肉相連的感覺。在〈父親之死〉的作品中，我首次讓現實裡的父親出現在我的創作中。我在接近二十歲時，開始思索作為父親、作為丈夫、作為一個男人的他。不過那些思索都不超出現實生活的範圍，即便雜文中曾以幽默的筆觸描述過他，但那時的我不曾想過要讓父親和我的詩發生關係。或許，沒有顧忌的書寫父親，對我稱得上是一種禁忌。當然這裡面還有我對他的體貼。父親死後，我好似終於找到了父子的適切距離。一如我開玩笑時說的，父親和我的關係一直以來都是「君子之交」，我們之間平淡如水，既沒有激烈的對立也沒有什麼戲劇性，但是，父親死後我鬆了一口氣卻是事實。

年輕時我曾經寫過，他的存在比較不像是有血緣的父親，而更像是一般的父親，也就是一夫一妻制中男人在家庭裡的那種樣子——一種缺乏情感的抽象理念。但是，當我有了第一個孩子時，我意外的被作為父親的那種強烈情感襲擊。跟我對父親的感情比起來，我自己當父親時的感情相對強烈、深刻。我把那感情的一部分寫進了名為〈父之歌〉的連續作品中。小室等[35]把詩拿來譜曲，其中的〈孩子睡了〉（FOR LIFE/FLCF-29088），成了我難忘的歌曲之一。

母親

母親的個子很小。她在三十四歲時生下我。她說生小孩的姿勢太醜陋、太難堪，她不喜歡，所以選擇了剖腹產。據說，手術期間父親在醫院的走廊玩溜溜球。她原先不想要有小孩，只因外公堅持無論如何都想見見孫子，就這樣，託外公的福，我有幸成為人類的一員。外公為政友會的代議士，在那個時代，母親算是在一個相當自由、摩登的家庭裡長大。她還曾經偷喝放在學校禮拜堂的紅酒。有別於父親，她的酒量很好。晚年失智後，藏酒藏得相當辛苦。我認

35 日本電影配樂作曲家。

為母親是個尖酸刻薄的理想主義者。由於是千金小姐，沒經過世間的風浪，所以有時說的話聽起來有幾分矯情，但稱她是賢妻良母，則是完全正確的。另外，她是個到死以前都還在愛戀父親的女人。她很會彈鋼琴，也很會唱歌。

我是獨子，也是媽媽的寶貝兒子，不過，我的詩中其實不太使用母親這個詞彙。一直等到她失智之後，我才開始使用母親這個詞彙，並且放進了我母親的具體形象。但那時我筆下所寫的，與其說是自己的母親，還不如說是在寫一個恍惚中的人。藉由初戀，我離開了母親，但我並沒有因此就從戀母情結中得到解脫和自由。對女人或對妻子，我總是想從她們的身上尋求一些母性。我是到了現在，才終於得以窺見這樣的自己。我試圖隱藏母親這個詞彙，其實是對它存有恐懼也說不定。對我來說，為人母親到底是怎麼一回事？我到現在都還找不出答案。

在與母親有關的作品中，我最喜歡的是在我與正津勉先生共著的《對詩》

中收錄的〈去賣母親〉這首詩，這是以現實中照顧老母的經驗為本所寫出來的「近未來」[36]虛構。在文中我的情感其實是很扭曲複雜的。

36 日語用詞，指今天之後但想像得到的未來。

人

人間、人、人人、人們、人類……有著各自微妙的意涵。甚至隨著文字脈絡也會有不同的解讀。「人類在小小的球上／睡覺起床然後工作」（〈二十億光年的孤獨〉）、「啊太驕傲了人類太驕傲了」（〈祈禱〉）、「小樹和人的姿勢／在我眼中經常是相同的」（〈十四行詩49〉）、「我來了／在人群中／我是個夢見人的人」（〈他拉麥卡偽書殘闕〉）、「無法忍受同一首歌不斷重複的／是名為人類的生物」（〈北輕井澤目錄〉）、「回神後，我也變成了不懂得決斷的名為人類的生物」（〈雜草之綠〉）、「再怎麼了不起的人／也要大便」（〈大便〉）。

以前那向著外面的視線，隨著年紀，我感覺它漸漸向內了，這不是我光憑腦袋想就可以改變的現象，而是在日常生活中，跟近身的人相處，經過不斷的衝突和和解才有的結果吧！有些衝突是永遠無法回復關係的，至於和解也無法確定可以持續到什麼時候，我花了很長的時間好像才慢慢體悟到，不經過這些個人的經驗，我們是無法理解人的。有很長一段時間我一直沒有發現，是這些經驗帶我走向詩的。不過，我當然曉得，那不是走向詩的唯一路徑。

「洞悉人生之難」是大岡昇平[37]提到中原中也時說的話，如果把「人生」置換成「人」，就是我現在對人的看法了。「在趨老中我們懷抱著那解不開的矛盾／向現實一步步靠近……」（〈ㄟ字之口〉）。這裡的「現實」也可以置換成「人」。中原年紀輕輕就洞悉「人生之難」，可是我卻在夢想與偽善間繞

37 日本小說家、評論家、翻譯家（一九〇九—一九八八）。

行多年，現在才終於有所體悟。一等接受了那無可如何的難處，就難免會想要放棄或是陷入虛無主義，但我不認為這已經來到了終點。文學正是從這裡開始的，這是古今東西那些優秀的詩或小說教我的事。

謊言

「神對天掏出了假顏料」（〈十四行詩31〉）、「來到藍色的天際／應該不會有人／那是充滿慈悲的謊言」（〈十四行詩34〉）、「白晝的藍天說著謊」（〈十四行詩45〉）、「鳥不知道天空的謊言」（〈天空的謊言〉）。

我在寫《六十二的十四行詩》或《關於愛》這兩本詩集時，有個觀念，認定白晝的藍天就像一塊窗簾，遮住了藏在它背後的宇宙的虛無。比起藍天，大方展現繁星的夜空正直多了，總覺得夜空告訴了人們生存條件最幽微的部分。那時我所使用的「謊言」一詞，跟人際關係中的謊言一點關聯都沒有。我在想，那時的我對於這點可以說是毫無疑問。可見我是個多麼幸福的人，完全不曉得人際關係的複雜；或是說，我打定主意不把我在現實裡說的謊，或是人家對我說的謊納入我寫詩的題材當中？不管怎樣，我對於有人撒謊這件事的反應好像不是那麼強烈。那個時期寫的跟人說謊有關的作品，就是一首專門寫給小孩的歌，歌詞如下：

「謊言／謊言／這是謊言／如果你對誰撒了謊／大家大家都在撒謊」

（〈謊言／謊言／這是謊言〉《日語的練習》）。這裡說的不過就是一般的道理。從詩的角度來看，與人際無關的〈藍天的謊言〉算得上是較有原創的作品。那時我關心圍繞在人之外的宇宙勝過關心人，對政治體制毫不關心，就算在生活中會因人際關係而感到痛苦，但我不會特別去意識它，我總是用天真單純的行動予以解決。我跳過人類社會（原本這是不可能的），把自己的生命直接和宇宙連結起來，並從中思考。如今我早就失去了把藍天的藍當成謊言的那種感性。現在的我覺得那絕對是一件值得高興的事。

要了解現在的我如何看待虛假、謊言，最好的方式就是去讀我收在《裸》裡面的〈謊言〉一詩，不過，在此我就不引用了。那是以一名男孩作為第一人稱所寫的詩，裡面所敘述的想法和心情沒有半點虛假。若直接想成那是我的實際想法和心情，我也覺得沒有關係。我常想，放進我在現實裡所無法感受的心情，或是我無法宣稱是我本人想法的東西，正是詩此一形式的特徵之一，如果說那也是一種謊言，那麼詩中的謊言往往就成了真實。那樣的謊言如果扎根於所謂的人類集體潛意識，且達到了屬於日語這個語言意識下的最深之處，那麼，那個寫詩的人或許就可以拋開他個人，去扮演一個隱匿的媒介者角色了。如果是這樣的詩人，其與在現實中生活的他或她本人之間，不可能沒有矛盾，但我深信，少了那些矛盾，是不能持續寫出好詩的。

我

四十幾年前，我開始寫詩時，主要都以「僕」作為我的第一人稱用語。平常我都自稱「僕」，只有偶爾在朋友間會用「俺」。我想這都是很自然的選取。作品中的第一人稱和現實的我之間，不妨看成幾乎沒什麼距離。第二詩集《六十二的十四行詩》中我的第一人稱統一用「私」來表現[38]。為什麼我不用「僕」而改用「私」呢？我已經記不起來了，有可能是因為這樣可以讓人更加抬頭挺胸。一九五〇年代，「僕」變得有點孩子氣，有時甚至會讓人覺得在裝可愛，所以才讓我想要避開吧！

那以後的作品就變得「僕」「私」「俺」三字混用。那是因為作品中開始出現作者、亦即非我本人的主角登場，即便主角不採直接敘述，寫詩的我和詩中的我，兩者之間在不同的作品中都必須保持一個微妙的距離。也就是說，我在寫詩的過程中，不知不覺間把詩當成是一種虛構的文體。關於這點，藉由這單純的說明是無法說清楚的，因為這和詩的本質有關。現在我已經無法用統一的第一人稱來寫了，每在開始寫一篇作品時，我常常會不知要用哪個第一人稱才好。

在近作《不知世間》和《聽莫札特的人》裡面我用的是「僕」，那是依據我當時的心情所做的清楚決定。和「私」比起來，「僕」給人容易受傷的印象，那樣的不可靠，是我所需要的。那個「僕」與《二十億光年的孤獨》中出現的「僕」又很不一樣。

38 日文中男性在稱「我」時，有數種說法。「僕」的發音是「boku」、「俺」的發音是「ore」、「私」的發音是「watasi」。

一首詩和創作這首詩的詩人，兩者間的關係比我們一般所想的還要複雜、微妙許多，而且它們是流動的。確實，一首詩若少了作者的現實生活，是無法成立的，不過，也不可以因此說詩所陳述的想法或情感，是詩人作者在現實中遇見的事物。詩既不是傳遞思想的工具，也不是陳述意見的地方，另外，它也不是為了達到自我表現所採取的手段。許多人說，讀詩時必須把語言當成「東西」，如果是那樣的話，讀者的態度不就跟面對一個美麗的精細小盒子一樣嗎？這時，不妨把語言想成像木材那樣的材質，基於對本分的要求，詩人在技術層面上必須好好的削、好好的磨、好好的組合才行，這不可動搖的事實，賦予詩的文體極大的強度。作為作者的詩人就隱藏在這樣的「形體」之中。我以為，如果只是為了想寫而寫，那就捕捉不到詩中的「我」了，而且，以詩中所寫的內容為本，去論斷詩人到底是正是邪，我也覺得有失公允。話雖如此，詩跟散文書不同，我也不認為針對世間的道德評斷可以有免責權。從現實世界看來，詩人必須具有不道德的部分，如果沒有這樣的自覺，不論男女詩人，都無法在這個世間存活。現在的我認為，透過對自身的質疑，詩人才有可能與世間產生連結。

愛

愛這個語彙不斷出現在我寫的詩中。以愛為題的作品也有幾篇，以愛作為書名的書也有好幾本。先不說我想賦予愛什麼樣的意義，我其實一直把愛的莫測高深擺放在我的生活中心，位處於中心點的我相信，這對詩也是不可或缺的。愛是個會讓人感到害羞的語詞，有時還會覺得像陌生的外文。這個字在我的身體裡、在我的生活中，似乎都還留有生澀之處。所以不論是實際的生活，或是寫詩，我總是帶著某種意志在使用愛這個語彙。是否在談愛時，身心有必要處於抽象的狀態？當光是「喜歡」還不足以說明自己的情感時，我們是否就會試圖想要再抓點什麼進來？我在不斷的提問中，對著「愛」，亂放電。

但是，對日本人來說，還有一種情感是連「愛」都無法說清楚的，我最近才發現，原來有這樣的日文。換句話說，就是「情」這個字，這是和我最親近的人教我的。覺得情或許比愛重要，這種想法某種程度是反近代的，雖然說得有點誇張，但這或許就是日本人下意識的情感。金子光晴[39]有一本名為《愛情69》的詩集，我非常喜歡，對金子先生來說，沒有「情」就沒有辦法論及「愛」。「愛情」「情愛」「情欲」「欲情」「愛人」「情人」，在日語中情與愛兩字交錯出現，有時顯現高貴，有時則為較粗俗的用語。但是，若是「情」字單獨出現，那它對日本人而言，有可能表現的是比「愛」還要深、還要廣的身心狀態和人際關係。

「我用最溫柔的眼神／我用最大的理解／我用 erected penis ／我用無盡的

39 日本詩人（一八九五—一九七五）。

憧憬／所以我不是愛」（〈關於愛〉）。年輕時糾纏我的這些焦躁，說不定是來自於我的天賦。我（就連這樣，我也不會讓「情」這個字冒出來）始終抱持一個疑問，就是懷疑自己是個生存熱情相對稀薄的人。這樣的天賦讓我與人保持距離、遠離人間的現實，但這也形塑了我對詩的感受力。熱情稀薄等同於不會痛苦。英語的「passion」同時含有熱情和受難之意，這對我有如當頭棒喝。

我想起年輕時父親曾說：「你的詩沒有劇情」。這都要回到我的根本。熱情稀薄的我，對於愛憎的感情也很稀薄，這或許對立身處世有幫助，但相對的我也自覺那會傷害到人。或許有人會想，這樣的個人條件和詩到底有什麼關係？要活在現在這樣的時代，且要持續書寫被稱為詩的東西，那麼，對我來說，不斷的反問自己，是絕對必要的。

（國文學　1995．11）

有一天（一九九九年二月～二〇〇一年一月）

一九九九年二月二十日（星期六）

武滿徹忌日。昨夜烤的玉米瑪芬鬆餅變硬了。聽到樓下有聲音，我下樓一看究竟，原來是年輕友人石黑為我介紹的裝潢店的人來了，他是石黑的親戚，父母以前的房間要重貼壁紙，他正在做準備。我和他打招呼，談到我們上次在健司君的婚禮見過。因為電影非常好看，所以我找來亨利．詹姆斯[40]上下兩集的原著《鴿之翼》（*The Wings of the Dove*）來讀，讀了一會兒，中午我把之前的冷飯拿來和泡菜、明太子、蔥混在一起，做成像大阪燒的東西，配上麥茶，當作我的午餐，吃完午餐我搭公車到東京歌劇城，「Lingering Concert」兩點開始，武滿淺香女士（武滿徹妻）坐在我的旁邊。

從十六日開始就有「夢窗＝武滿徹．影像與聲音的世界」一系列的活動，也因此，我最近幾乎每天和武滿家的母女見面。今天這一場演奏會是以免費的方式公開部分的預演，邀兒童來欣賞，所以，場內都是大大小小的家庭，顯得很熱鬧。主持人武滿真樹對孩子們說：「有一位作曲家他叫武滿徹，他是我的父親，我的爸爸。」聽起來覺得怪怪的。在聽完鈴木大介和渡邊香津美用吉他彈奏完動人心弦的〈小小的天空〉後，我突然有種恍惚之感，不知武滿離開的這三年到底是長還是短？

自從不能再相見聊天後，我反而經常感覺武滿就在我的左右。我在想，這是因為人死了以後就變得空閒之故。還在世上的人們大都很忙，就算想找對方，也會有些顧慮，但在另一個世界的人就不會受到現世的各種干擾，所以我想要他陪多久，他都會奉陪到底。我和淺香女士交談，都說真希望徹先生也可以聽到這個〈小小的天空〉的演奏，我們這麼說，卻不帶悲傷，反而是比較接近喜悅的情感。武滿不在旁邊，與其說是不滿，不如說是更大的滿足，因為他

40 Henry James（一八四三—一九一六），美國小說家。

那帶著情感的音樂流瀉而出，並瀰漫在每個角落，這讓我更加確認武滿就在現場，我這麼說，該不至於變成一名不夠意思的友人吧！

我和淺香女士、真樹一起到大樓的五十三樓用餐，一邊俯瞰暮靄中的塵世一邊喝酒吃壽司，等著聽六點開始的「鈴木大介吉他獨奏」。坂上弘[41]先生和大江健三郎先生等人也來了。一開始演奏的是武滿的〈在森林裡〉，聽起來有些生硬，我可能是因為喝了啤酒的關係，覺得有些朦朧，接著是巴哈的〈變奏曲第二號〉，音樂一出來我的神智就開始清楚，最後竟覺得好似我的眼耳心都變得清明了。每一個音符都像是一顆顆晶瑩剔透的珍珠，感覺它們在瞬間就被串成了一條長長的項鍊。武滿所形容的「聲音之河」彷彿就從我的眼前流過。我像在聽自然的河流潺潺聲那樣聽著音樂。語言所帶有的意義有時會傷人，音樂和自然一樣，它們會在意義之外，帶給人鼓舞。最後的〈夏康舞曲〉（Chaconne）已經讓我整個人滿溢著感動，那感動距離感傷極其遙遠。巴哈的音樂會讓人想要用正向的態度活著。

接著武滿的〈folios〉是我不曾聽過的相對激烈的演奏。年輕時我總覺得武滿是個隱藏著激情的人，不過現在我更加體會到在表現激情時，並不見得就一定要用「最強音」。中場休息時見了好多武滿的朋友，可能是因為太興奮了，我覺得有點恍惚。但能見到病後的水尾和子女士，我好開心。她說她在家都在編織，於是我慫恿水尾比呂志[42]先生，說他們可以開店做生意了。

下半場是由渡邊香津美展開的二重奏，光是看兩人的表情就很享受。古典和爵士就像戀人般打情罵俏。我感受到的是全然的「生之喜悅」。這讓我想起年輕時的武滿和鈴木博義[43]好似曾經一起創作了名為〈生之悅〉的芭蕾舞曲。

41 日本小說家。
42 日本美術史家、民藝運動者。
43 日本作曲家（一九三〇—二〇〇六）

演奏完掌聲如雷，安可曲是〈荷西・托雷斯〉[44]、〈寫樂〉[45]兩首電影音樂和〈早春賦〉[46]，最後兩人一動也不動的聽著聲音消逝，這期間觀眾也忍住鼓掌一起聆聽，那感覺真的很棒。

淺香夫人請工作同仁和朋友們到武滿常去的、位在新宿的西班牙餐廳吃飯。大夥兒不知為何特別興奮，兩位吉他手明明已經參加白天、晚上兩場公演了，還跑回車上拿出吉他，開始彈了起來，小室等唱〈死去的男人留下的東西〉，就連我也不揣淺陋的隨香津美先生的吉他伴奏，輕唱起〈小小的天空〉。一點左右回到家，只見父母的房間已經煥然一新。

三月二十一日（星期日）

因為是「余白句會」的日子，所以我從一早心情就顯得有些忐忑。中午以前出發前往飯田橋，在車站前吃了可頌鮪魚三明治聊以充飢，走出車站，卻見外面下起雨來。今天的會場在後樂園的「涵德亭」，除了老師小澤信男（巷兒），木坂涼（紙子）、有働薫（港）、清水哲男（赤帆）、井川博年（騷騷子）、八木幹夫（山羊）等人也都到了，而且早已從塑膠袋內拿出了啤酒。稍後抵達的是國井克彥（裏通）、白川宗道（宗道），另外有七個人缺席。我三年前加入，這次是第八次聚會，不過我來並不是想認真學寫俳句，而是在享受大家吵吵鬧鬧齊聚一堂、相互褒貶的樂趣。

這群人平均年齡不算太高，但每次見面話題總是從誰又生了什麼病開始，今天缺席的長老多田道太郎先生正準備做白內障手術，辻征夫則是得了麻煩的病昨天才剛出院，至於國井克彥也得了青光眼。我現在一切平安無事，但難

44 導演敕使河原宏一九五九年作品。
45 導演篠田正浩一九九五年作品。
46 日本童謠。

料什麼時候會有狀況出現。總之，我們手上分別都有寫著六十幾句俳句的影印紙，大家都專注於要從中選出天三句、地二句、人三句[47]。四十分鐘以後，盤點的結果，得分的狀況頗為分散，同分的有天一句、地二句、人五句。

「退潮拾貝軍艦已在側」「睡中少年春夜濁」這兩句是缺席的八木忠榮（蟬息）寫的，文中的軍艦到底是美國的還是自衛艦或是舊海軍軍艦？應該不是航空母艦、是驅逐艦吧？對於具體細部的議論讓我覺得有趣極了，針對一行文字可以這麼鍥而不捨的追究，這是讀現代詩時很難有的景況。「弄濁春夜」的「睡中少年」果然是青春期，不想這麼一恥笑，就有有働先生出來澄清，說是因為文中的男子身上都是泥巴，於是引來一陣笑聲。另一首被選為天的是赤帆的「紅豆餡飄香正是求偶時」，我也將此首列為天。據說清水哲男小學就開始寫俳句了，至於我，小學也寫過「我所愛的野州花如燈」這樣的俳句，當時的俳號俊水則沿用至今。

地二句是無故缺席的加藤溫子（花緒）所寫的「太宰府守護牛亦處求偶時」和巷兒老師寫的「龜鳴細月汝之故鄉」，我雖然不曉得烏龜是否真的會叫，但這代表季節的用語卻又好似隱含了情色，讓我不禁覺得老師的俳句果然雅致。至於我寫的「小龜在母龜背上龜叫」則像繞口令一樣，所以都沒有人選，騷騷子建議我寫些適合小學生的俳句。從一開始就熱鬧滾滾的場子，有可能是因為我拿出了去年在國外機場買的單一麥芽威士忌，一時變得只餘吵鬧的聲音。

雖然我的其他俳句總得分並未得名，但因為有三句分別得到天，我也就心滿意足了。老師的天是「求偶之時乃觸月之日」，小澤老師將這句和稻垣足穗的「一千一秒物語」做了連結，讓我感到驚訝。我其實想歪了，以為老師在寫時想的是更色情的事。我的「將少年期埋在彩虹根部」恐怕會引起不快，但專

47 俳句規則裡的天、地、人，是指作品的評比等級，天為最優，以此類推。

業俳人宗道將它列為天，讓我好開心，雖然有人提議可以去掉「將」字，但我不以為意，覺得老是遵循俳句的五七五句型未免有些無趣。我的自信作「退潮拾貝逗九十九歲老母開心」被缺席的辻征夫列為天。真有眼光啊！他應該也注意到我在聲音上的經營。這位辻先生的「求偶時老師的臉頰上有飯粒」被清水赤帆評為還不足以稱為俳人，但我因為還是菜鳥，所以也搞不懂這麼難的事。

在冰冷的春雨中我回到了家，並補看昨夜錄下來的電影《兄弟》。這是改編自中西禮的小說，由北野武、豐川悅司主演的電影。主角為了生活，除了翻譯香頌歌詞也為歌謠寫詞，其中有一個畫面是他的情人對他說：「你最好去寫一些好的詩吧！」「我希望你可以靠寫純粹的詩成功。」所謂的好的詩、純粹的詩，指的是我等所寫的現代詩嗎？主角一生經歷波瀾，作詞成功後，被幾近病態的哥哥奪走了上億的金錢，只是看到這裡，想起靠好詩或純粹的詩實在發不了什麼大財，便覺得很想笑。

睡前我讀《須賀敦子全集》中的翁貝托．薩巴[48]，其中有一段詩深深的打動我：「……走出自己的／外面，和大家一樣／活下去／在尋常的日子／和尋常的人們／想要變得一樣的／願望」。

四月十一日（星期日）

我被雨聲吵醒，看了看時鐘才五點半，又擁著被繼續睡，然而卻怎麼也睡不好，於是在七點半起床，之後便撐著傘到東田中學投票。路上我回想著昨夜讀的鶴見俊輔[49]所寫的句子。「雖非本意，但我五十多年來都會去投票，只是骨子裡我並不關心……不關心就不關心，這無所謂，本人的決斷，必須要出自這樣的不關心才行。」鶴見先生的話總是直指我內心深處那些還處在不清不楚

48 Umberto Saba（一八八三—一九五七），義大利詩人。
49 日本思想家、大眾文化研究者、社會運動者（一九二二—二〇一五）。

的部分。雖然還有很多值得抄錄下來，但再寫一段就好了：「我曾經是不良少年，在小學時就已經有過男女關係。我用我的人頭保證，那全是出於自主，所以，我不曾因為軍方會發放保險套，就前去慰安所。那樣做會傷到不良少年的自尊。」啊，真的好酷。

按照慣例，今天是清春藝術村一年一度的賞櫻日，我心想，下這樣的雨，大家會來嗎？不過，想想在風雨中看著亂飛的櫻花也不失其樂，我便穿上禦寒外套，開著四驅的S-MX越野車在空蕩蕩的中央高速公路上奔馳。在剛過韮崎一帶，即可看到南阿爾卑斯山上的藍天，我從長坂下來，到達藝術村時雨停了，讓人覺得有些事與願違。來的人果然比往年少，這裡的櫻花都還只開兩分到五分，對於看慣東京幾乎要全開的我來說，眼前的景色更加美麗、迷人。我剛好趕上在魯奧教堂舉行的「三輪福松追思會」。雖然我和美術評論家三輪先生只見過幾次面，但我對他的穩重謙和有著深刻的印象。牆上掛著魯奧[50]的〈求主垂憐〉畫作，並傳來管風琴的素樸樂音。雖然我不是信徒，但幼年時就經常聽聖歌，所以也就跟著唱了起來。

在「調色盤」餐廳和舊識一起喝紅酒、吃午餐，再到室外喝咖啡，並因而認識了幼兒園的園長夫婦。他們告訴我園裡的孩子們聽過我寫的童謠後就能馬上朗朗上口，這讓我很開心。清春藝術村的創始人吉井長三先生指著橫倒在基地一隅的巨木，說：「這不是臥龍梅[51]，而是臥龍櫻。」於是我走近去看。雖然被白色墊布包裹的枝幹讓人看了心痛，但老櫻樹即使倒下也還是花滿枝。最近，人間的老婆婆們也有許多像櫻樹這樣完全不輸年輕人的，這多多少少鼓舞了我們，而且她們比起這堂堂倒下的老樹可愛多了。看來，自然比人還要不顧一切。

50 Georges Rouault（一八七一—一九五八），法國畫家、雕塑家。
51 「臥龍梅」是一種日本酒的名稱。

下午一點半開始在清春白樺美術館的大廳舞台上，有內藤敏子女士的齊特（zither）琴演奏會。這是我第一次這麼近距離看齊特琴，這個放在桌上彈奏的樂器大小很適合隨身攜帶，據說很常用在戶外的演奏。內藤告訴我，她到維也納郊外野餐時，都會在樹下彈齊特琴，每次都會有許多小鳥聚集過來一起唱歌。她又說：「以前日本也有齊特琴。」我聽了頗為驚訝，但在出土的埴輪[52]中，真的有抱著弦樂器臥箜篌的素陶出現，據說那也是齊特琴的一種。聽完了我所熟悉的〈第三個男人〉和一向以古琴彈奏的〈櫻〉之後，又聽了我所不知道的近代作曲家史梅塔克的〈小小幻想曲〉，這旋律始終縈繞在我的耳際。

我三點左右離開那裡，再次上了中央高速公路。空中的雲層由白到深灰層層變幻，美麗極了，我甚至還從後照鏡看到一道彩虹，真教人陶醉。我從岡谷下高速公路，到鹽嶺病院探視黑田良夫。畫家黑田先生是我父親徹三的入室弟子，留著長長的鬍子，和父親如出一轍。他在參加學生婚禮時心肌梗塞，在加護病房住了幾天，說他全身硬邦邦的，像水泥一樣，非常痛苦。硝酸甘油藥物好像會帶來劇烈的頭痛，他笑著說，本以為可以馬上歸天，沒想到要這麼受苦，所以現在決定不要死於心肌梗塞。他將小鏡子藏在抽屜，背著護士偷偷整理鬍鬚，這樣的舉止還真讓人放心啊！

我又來到中央高速公路，一邊聽本木雅弘和岸田今日子的〈溫柔之夜〉二重唱，一邊開車。事實上這首歌的歌詞是我寫的，作曲人是我的兒子賢作，因為這張CD裡面還附卡拉OK，所以我正在練習，想哪天也來唱給大家聽。雖然今天是星期日，但路上沒什麼車，我來回跑了四百公里終於回到家。接到常滑的表弟庭瀨健太郎打來的電話，說他參選的愛知縣縣議員，不幸落敗。我想都沒想，就叫道：「畜生！」不過，想想他年紀也大了，退出政壇，過一過

52 排列在日本古墳頂部和墳丘四周的素陶總稱。

悠閒自在的生活也好。

五月二十三日（星期日）

眼前是快速奔馳的黃色飛雅特 Cinquecento。型號是六四年，所以如果是人的話，也到了可以領年金的年紀，不過這年頭是不可以瞧不起老人的。我因為懷念以前的雙離合器，現在腳踩的也是型號七二年的 Cinquecento，這兩台車在高速公路上時速再快也只到八十左右，所以不必擔心會超速，省去了不少麻煩。這兩台車的主人是福岡宅老所「共聚」的工作人員村瀨孝生先生和久野壽枝女士。另一位堪稱也是持有者的下村惠美子女士，據說正在等另外一台高性能的 Abarth Tuning 進貨。小規模多機能社區共生照護所，字面看起來很複雜，不過大約就是這樣的地方，一等親身來到「聚所」，發現這裡簡單說就是一群痴呆老人和工作人員一起愉快生活的家，事實上，未雨綢繆，我也預約了一間房間。只是目前的房間都是通鋪。

我與兒子賢作的音樂團體 DiVa，昨天和前天都參加了由「聚所」主辦的包括了朗讀與唱歌的公益晚會。前排有位老太太從頭到尾都在講話，如果老是對她吼道：「吵死了！妳在幹嘛啊！」不僅會干擾到別人，說不定還會變成是在助興，真是不可思議。當時包括下村女士在內的工作人員，都沒有罵人或制止，只是溫柔的摸摸老婆婆的背和白髮。看到那樣的景象，我對於變得痴呆不再感到害怕，也很能接受人不管幾歲都要快樂生活的想法。幾位工作人員醉心於老車，說不定和他們每天都跟老人生活在一起所感受到的樂趣是相通的。

在雨中我們來到了湯布院ＩＣ[53]，吃著有別於關東的、味道較淡的美味蕎麥細麵，然後經過蜿蜒的山路，抵達了位在奧滿願寺的住宿處「藤原」。眼

53 Interchange，交流道。

前是一片無垠的稻田，再往後是在風中搖曳的樹林，感覺好像來到了峇里島。大夥兒為了晚飯要幾點吃一直無法搞定，原來有人想要先好好的泡湯。或許是因為獨生子的關係，我不太習慣跟別人一起泡湯，但也不知道為什麼，我完全不會排斥這些成員（五人當中有一位是須賀川的特養老「紫苑園」的老嬉皮武田和典先生）。穿著不太習慣的浴衣和短外褂，我們三個男人沿河走向露天風呂。將頭枕在岩石上發呆，湯水和身體之間的界線慢慢變模糊。

晚飯的生馬肉和柔嫩的烤牛肉，以及炸山菜都非常可口，但太多了，吃不完。由於吃飯期間隔壁的房間已經鋪好五床棉被，所以一吃完飯大家就全都慵懶的躺的躺倒的倒，七嘴八舌的聊起天來。昨天在演唱會前的討論會中，有人提到要和老人一起生活，重要的是「風情」而不是「管理」。家母失智時，常常想要和我手牽手，但我記得抓著那抖個不停的手，手感其實是不舒服的。下村女士說這是因為我們是親人。在「共聚」的那種肌膚接觸，想必因為是外人，所以行得通。確實，與其和充滿愛憎歷史的家人同住，和同世代的他人像朋友一樣住在老人院，對老人來說應該更輕鬆吧！

因為大家都說這裡最棒的就是一邊泡湯一邊仰望樹間的星星，所以我們又摸黑來到露天風呂，只是雖見朦朧月色，卻不見半顆星。不知是不是老天爺為了補償我們，讓我們在路上遇到了下村和久野兩位女士。雖說有用毛巾包住，但這畢竟是我的第一次男女混浴經驗。我才從溫泉起身，就有「共聚」的工作人員變身成按摩師，開始幫我做全身按摩。雖然我一向不知肩膀痠痛和頭疼為何物，但有人為我按摩，還是很舒服。心想那是因為女人的手在撫摸我，但發現不知何時早已換成了男人的手，雖然換手，但舒服的感覺依舊。在老人設施常看到老太太們聚在一塊兒聊個不停，但老先生就很容易孤零零一人。曾有人說，男人年紀大了以後離開家人，如果是好幾個男人一起生活的話，轉成同性戀將會是最好的方式。我是否從現在開始就要為此做準備呢？或是要努力變成老婆婆，而不是變成老爺爺呢？

最後大夥兒很搞笑的一起鑽進一床棉被，拍了一些照片，如果有人在這個時候偷窺，一定會大飽眼福，在這肌膚相親的過程中，那種來自動物的性的親和力和來自於人的親和力漸漸變得曖昧難分，這不僅讓我覺得舒坦，也感受到一種未知的可能性。有人主張老人院應該要有個人的房間，我以前也這麼認為，但自從接觸了「共聚」，便覺得強調隱私似乎很小家子氣。我們開心的玩到過了一點才去睡覺。

六月二十七日（星期日）

腳步穩健飛快的新幹線「山彥」，其沿線的風景一如我七點就起床的腦袋一般，被團團迷霧罩住。我認為，所謂的思考，就像是在這樣的霧中沒有目的地的踽踽獨行。以為思考是大腦的運作，身體和心只會帶來干擾，這樣的想法是錯的。那種非想不可的衝動，全都來自我的身心，那是非常個人的，可是一旦化作意識變成語言，它就超越了個人。從事作家或作曲家或畫家等工作的人，只有在進入非個人的狀態，才能和他人展開對話吧！生存在那個世界裡的人，有時卻會在真實的生活中，因為那些非個人的狀態而飽受折磨。

十點四十五分我在雨中抵達仙台。我一向自認為是雨男，沒想到來接我的橫田重俊先生也是雨男，他是一家繪本和玩具店的老闆，這次的活動由他們主辦，聽到容納四百人的會場票全賣光了，我鬆了一口氣。「泉文化中心21．小演奏廳」的椅子不會太擠，聲音效果好像也很不錯。我們像往常那樣，在休息室決定了今天大致的流程。「唱現代詩」的團體、DiVa的主唱．高瀨麻里子、貝斯．大坪寬彥、鋼琴．谷川賢作，一群人在舞台上測試麥克風，負責朗讀的我一時明星上身，也試了試聲音。負責音響和燈光的工作人員都充滿了幹勁，使人心情大好。大夥兒吃著三明治，喝著咖啡，等兩點的開演。在谷川搭配完成〈微笑〉〈鋼琴〉這兩首後，我開始朗讀〈雨，下吧！〉這首詩。還好，我帶了收錄這首詩的詩集過來。

對於要朗讀什麼詩，通常都是在感受會場的氣氛後，才在開演前決定，有時則是在演出中看著觀眾的反應臨機應變。如果小孩比較多，那我一開始會先念孩子們歡喜的〈放屁詩〉〈大便〉，如果聽眾沒什麼反應，那我會試著朗讀較無厘頭的〈胡鬧詩〉，看能不能鬆動一下大人。如果是刊登在雜誌或書上，我其實看不到讀者的臉，但如果是朗讀，聽眾就在我的面前。我多少會對拍手在意。我希望自己受歡迎，我不會對這種想望覺得不好意思。因為和收受對象交流，不僅是一股支撐我的力量，也帶給我莫大的鼓舞。

由窓・道雄[54]、大坪寬彥搭檔演出的〈蟬〉，格局大到讓人以為身在宇宙，之後是每次都會有的「語言接力」。這是試著以押韻的方式創造出充滿韻律的語言遊戲，它最有趣的是，不用講的而是用唱的，這樣反而更能將潛藏在日語後面的旋律顯現出來。隨性像繞口令那樣寫成的〈猴子〉，念的時候有如「急板」（我的舌頭常常一副要打結的樣子），但用唱的話就自然如「行板」了。我利用中場休息時間試著和觀眾展開問答。舉手發問的幾乎都是小孩。

問：「谷川先生為什麼要戴眼鏡？」答：「當然是因為老花咯！你家的奶奶和爺爺應該也有吧？」問：「為什麼衣服要綁一條細繩？」答：「不綁這條繩子，一不留意衣服就會鬆開，還有，你不覺得這樣很好看嗎？」問：「我非常喜歡〈青蛙跳〉這首詩，你是什麼時候有這個靈感的？」答：「小時我家的庭院就有小青蛙，我常常將青蛙放在手心玩，所以我想那是很久很久以前當我還是個小孩時就有的靈感，然後到變成大人時才表現出來。這樣的回答可以嗎？」「咦，真的？」問：「你會唱亂七八糟的歌嗎？」高瀨回答：「咦？我

54 日本兒童詩人、詞人、作曲家（一九〇九—二〇一四），創作童謠〈大象先生〉歌詞。

嗎？我——不會唱！」光憑文字無法表現出孩子們的語調和傳達出他們那些有趣的身體語言，但當歌和詩的「聲音」和這種日常的「聲音」混在一起時，就更加的生動有致。我忘了是什麼時候，曾經有一名小學生問我：「谷川先生為什麼老是寫這種不正經的詩呢？」只記得我無地自容，當下回道：「所有的詩都很不正經呢！」

兩個小時的演出結束，在安可聲中，我第一次念了年輕時寫的〈剛好那時〉這首詩。如果每次都念一樣的東西，就會覺得自己彷彿變成了演員，我很抗拒這件事。雖然我希望我出聲念詩時，可以像剛寫完時那樣，覺得這是這首詩誕生的時刻，但要保有這樣的新鮮感其實是很困難的，也因此，有時我會去翻舊的詩集，從中找尋耐讀的詩。我打算靠著回收再利用自己的作品安度餘生。

熱鬧的慶功宴結束後我有點累了，於是回到飯店，在床上讀著平居謙[55]所寫的《在浴室讀的現代詩入門》。選集的切入點相對新鮮，也讓我曉得，雖然我有所不知，但其實有一些詩人也用了不同的方式在朗誦自己的作品。DTP、CDR、網際網路等的新技術變得越來越唾手可得，但現代詩是否能因此帶來新的、生動的媒體表現，這我就不得而知了。

七月二十四日（星期六）

就算是跟團、被趕鴨子上架的旅行者，也可以從所見的皮毛一窺印度人那以赤裸之姿面對人生的態度。當然，也有像東京人那樣朝著各自目標行走的人、騎著速克達的人、在電動三輪車擠沙丁魚的人，除此之外，你還會看到在人群中站立不動的人、蹲著的人、將身體縮成一團的人、橫躺在地的人。那些人什麼事也不做，正因為什麼都不做而凸顯了他們活著這單純的事實，這讓我很受衝擊。我無從得知他們每一個人的內心在想什麼，但他們的身影所呈現出

55 詩人、現代文學（詩）研究者。

來的氛圍，和呆望著他們的我的心情，似乎有著相通之處。這裡並沒有平等這樣的概念，他們還是停留在受宿命思想支配的古老時間中。

這是我生平第一次來到印度，我們到阿格拉去參觀泰姬瑪哈陵。也就是那個超級誇張的國王、皇后的墳墓。此墓全都是大理石做成的，因為天熱，赤腳走在溫溫的大理石上面並不怎麼舒服。不遠處有阿格拉古堡，據說當時國王的愛妃過世，國王日夜都在這裡遠眺位在泰姬瑪哈陵的愛妃之墓，最後，甚至把眼睛都搞壞了。於是他在牆上鑲了顆大鑽石，轉而看著映在上面的泰姬瑪哈陵，直到壽終正寢。雖然是個很好聽的故事，但因為他做的事太豪奢了，所以我無法表示同情。

從齊普爾到烏代浦的飛機上，導遊蒙哈梅特將《印度斯坦時報》拿到我面前，問：「你看了嗎？」原來文中報導江藤淳[56]自殺。我的心瞬間涼了。我回憶起二十幾歲時，第一次經由石原慎太郎[57]介紹兩人認識的情景，他那不安和帶著幾許靦腆的表情於我記憶猶新。我想起前一天晚上我讀漢娜・鄂蘭[58]因交通事故住院時寫的一封信：「……我不認為死亡有什麼可怕，活著也是件相當美好的事，我希望能開心的接受自己的生命。」說不定江藤淳也是藉由結束自己，「開心的接受自己的生命」。在印度，說「活著是件相當美好的事」實在有點高調，想想，我還是收斂一下好了。

我這個屢試不爽的雨男，照樣把梅雨帶到了印度。現在住的「湖畔皇宮」據說原本是馬哈拉那・普拉塔普王公冬天的避寒別墅，ＪＴＢ旅行社特別用了「引人遐思」的形容，不過，在濃雲下這裡的確很美。它位於烏代浦的皮丘拉這個人工小島上，從對岸看過來，真的有如浮在島上的建築。有的人只在心

56 以研究夏目漱石聞名的日本文學評論家（一九三二—一九九九）。
57 日本政治人物、作家，曾任眾議院議員、日本維新會代表。
58 Hannah Arendt（一九〇六—一九七五），美籍猶太裔政治理論家，以研究極權主義著稱。

中幻想極樂世界或天堂，有的人則是在現實中以建築或庭園或池塘讓它們形諸可見，不只是印度，任何地方都一樣，但它們隨時都和煉獄或地獄比鄰而居。有別於東京的是，在印度，這個對照鮮明的景象隨時都會出現在我們的眼前。

到今天為止已經是第五天了，我看了許許多多不知名、不記得來歷的各色宮殿或城堡，這一帶屬於北印度，從建築形式來看，在一根柱子上就依序有印度教、伊斯蘭教、佛教以及天主教的一些圖案共存，實在非常有趣。還聽說有國王基於政治考量，在娶妃時也是每個宗教各娶一人。我在機場買了一本達賴喇嘛的演講平裝本，隨意讀了幾個地方，有地方寫道，世界中的幾個主要宗教都是為人服務，而且都隱藏著使人更好的可能，所以，人只要遵循自身的傳統信仰就好了。看來，那位國王算得上是個了不起的君主。像我，已經在禪寺買好了自己的墓地，來到印度，卻仍對印度教那和藹可親的迦薩尼象頭神著迷不已，不管是石頭做的、白檀做的，或是銀做的，我只要一看到就會買下來。

在敞開的窗戶邊有一隻鴿子停在那裡。從飯店的房間看出去，對岸的風景有如摩洛哥，只是以石塊堆成的建築下方有階梯一直延伸到水岸，水中有孩子們在游泳，也有女人在洗各色的衣服，更遠處則好像有人在進行著什麼儀式。靜靜的湖面，唯一會引來騷動的，就是往來於飯店的電動小船。傍晚在中庭有偶戲表演。首先是被裝飾的漂漂亮亮的象出來打招呼，然後是弄蛇人被蛇追著跑，接著以為是兩個男人在耍寶，豈知其中的一名男士在瞬間變成了女性，並演起了愛情短劇，雖然它們在唱什麼我全然不懂，但我還是開開心心的拍手了。

八月六日（星期五）

住在德州的英國詩人克里斯多佛・米多爾頓（Christopher Middleton）說他搭計程車要去機場，一路上司機不停的「詢問」，「要去哪裡？」「日本。」「日本的哪裡？」「橫濱。」「去幹什麼？」「開會。」「開什麼會？」米多爾頓遲疑了一下，說：「跟詩有關。」於是司機回答：「看來日本文明尚未被消滅。」米多爾頓在朗讀自己的詩作前先以此為開場，聽眾席傳來了一些笑聲。不過，他一開始朗讀，會場就悄靜無聲。聽他人用外文朗讀一首詩，笑得出來的，只有少數幸運、勤奮的人。很遺憾，我不屬於這種人。

夏日的光芒從位在正前方的細長彩繪玻璃透了進來。左手邊有一台風琴。流線形的橫桌上放著聖經。這裡是關東學院葉山研修中心的大廳，同時也是禮拜堂，最開始我在這裡如果念一些稱不上虔誠的詩，就會覺得不妥，但是現在已經習慣了。每年我們固定會在這裡舉行詩的夏季研習，今年已經是第十八次了。最早是威廉．I．艾略特的提議，他是關東學院的美國文學教授兼詩人，也是我的友人，如果沒有他的熱忱，這成員約四十人的小而充實的研究會就不可能持續到現在。我們的慣例是每年會邀請一位國外的詩人前來，例如八四年的（美）威廉．斯塔福德、八五年的（英）丹尼斯．萊維托芙、八六年的（美）威廉・斯坦利・默溫、八七年的（愛爾蘭）謝默斯・希尼、九〇年的（奧地利）萊斯・穆瑞、九七年的（德）斯諾得格拉斯、九八年的（愛爾蘭）努拉・尼・古諾等等這些詩人，他們讀詩、談自己寫的詩，並且和參與者一塊兒喝啤酒。

今年的第一棒是第一天由米多爾頓演講，根占正一朗讀（剛出爐的、熱騰騰的寫給孩子們的短詩，每一首詩都有一個故事，非常有趣），第二天由從大阪來的《大阪的語言遊戲歌》作者島田陽子（因為在東京長大，更能有意識的使用大阪腔，朗讀中間的談話有如具體的比較文化論，讓人聽得津津有味並多所啟發）和米多爾頓朗讀（低沈好聽的英文，就算不理解內容也值得品味），另外這次第一次辦了詩的工作坊，這是我將去年在英國詩歌節中體驗到的東西移植到日本。最後一天的早上有愛爾蘭演員鄧肯・海彌頓的表演，英語版的一成尾形表演（後日附記・用滑稽的手法，將不論東西方世界、一如發生在你我周遭的上班族的悲哀表現得淋漓盡致，令人心痛），兩天當中進行了三場研究會，分別有堤摩西・哈里斯的「讀米多爾頓的詩」與新倉俊一的「讀艾茲拉・龐德的詩」，以及藤富保男談「關於視覺詩」（以幻燈片介紹具體詩的內與外。最後用單口相聲的形式朗讀自己的作品，令眾人全都笑倒）。

下午三點，下午茶結束之後，開始進行工作坊。我們請參加者直接坐在地毯上，由負責協調此次活動的我本人和三位來上課的詩人川野圭子、篁久美子、長澤忍坐在低低的講台上。首先，每人先朗讀一首自己寫的詩，之後再由在場的所有人提問、說說感想、展開對話。在此就不特地引用詩了，川野女士朗讀的那首從下意識湧現出的、既像噩夢卻又充滿幽默的詩，並非來自想像，而是實際的夢境。她說，在反覆推敲的過程中，原本一直重複出現的噩夢終於消失了，這段話引起我很大的興趣。篁女士的詩是她在自家菜園種豆子的實際經驗，再加上現代科學知識的有力支撐，使它變成了一首結合了宇宙觀的壯闊詩篇，她在宇宙這個漢字的旁邊有時標註的平假名意味的是「天空」，在文語的表現上，兩者時而交錯。這讓人覺得現代詩對於和文、漢文的選取，有時是雜混同流，作者在表現時並沒有特別的意識。

長澤先生的詩在語意之外還包括了色感、聲音和觸摸的感覺，我們不妨說這是像抽象畫一般的作品，最後一行的「為了照X光／我們骨折」，則頗見功力。幾年前他立定了一個破天荒的計畫，要在諾斯特拉達姆士[59]所預言的世界末日到來之前，寫完二千二百二十二首詩，現在，他保持一天寫三首詩。也因此，他經常筆記、相機不離手，最後，他在現場朗誦了一首即興詩，頗令人訝異。雖然大家在談現代詩，但它其實有各種寫手和各式各樣的表現方式。三位詩人各自呈現了他們獨特的創作，讓大家見識到現代詩的多樣性，對參加的人來說應該很有趣吧！看似抽象難解的現代詩，其實還是多少扎根於作者的具體

59 Nostradamus（一五〇三—一五六六），法國籍猶太裔預言家。

經驗，有了這樣的認識，相信就更懂得品味作品了。在研究會中聽到對龐德、米多爾頓的解說，又再次印證了這樣的想法。

九月三十日（星期四）

我十九日出發，經過了瀋陽、北京、鄭州、昆明、重慶，昨天來到了上海。我不是來中國玩的。我來這裡和各地的詩人會面，為日中現代詩的交流盡我綿薄之力。話雖如此，我不會講中文。安排這次旅行大小事的，是住在西宮的詩人田原先生，他也是我詩作的翻譯者。

他帶我去位在瀋陽郊外、名為「怪坂」的觀光地。在一座小丘上有一個長八十公尺寬十五公尺的斜坡，奇怪的是，車子熄火後，不但不會往下滑，還會往上走。這裡有許多觀光客聚集，可以向店家租自行車，我也試著乘騎，真的是即使不踩腳踏板，自行車也會往上走。我在想這有可能是來自眼睛的錯覺，但是自一九九〇年被發現以來，也有許多人做過科學的調查都沒有結果，看來是有一股超越科學理解範圍的力量在吧！這裡有個「詩人村」，他們說要到那兒必須靠著雙腳走上斜坡才行。

在中國讓我感到驚訝的事情之一，是大家見完面，竟有詩人是讓專用司機開公務車載回去的。這裡的車大都是中國國產車桑塔納，不過來機場接機的有時也會出現奧迪Ａ４，或是高級國產車「紅旗」。除此之外也有共乘的計程車，由此可見，同樣是詩人，每個人的地位和收入卻很不一樣。這點從我拿到的名片也表露無遺，有完全沒有頭銜的詩人，也有上面列了十四個頭銜的詩人。但若說那樣的詩人全都很官僚，又不盡然，有的詩人在告別時眼中泛淚充滿了感情，有的詩人則帶了玉枕、毛筆、人參當作送我的伴手禮。

中國的幅員是日本的二十六倍大，要讓所有的詩人齊聚一堂並不容易。有詩人從重慶坐了十三小時的巴士前來，讓我很感動。詩誌也是由各地發行，有趣的是，在日本被當成問題的一稿多投，亦即在某詩誌刊載的作品又拿到其他詩誌刊登這件事，在中國完全不會有人非難。許多受歡迎的小說好像都有盜版，田原笑著說，通常，等發現時，都已經是三年以後的事了。

另一個讓我覺得有趣的是，中國詩人對於橫寫、簡體字都很習以為常。他們好像覺得這很理所當然，但還是有人對日本詩人執著於直寫這件事表示讚賞。不過畢竟是中國，這裡許多人都寫書法，如用書法寫詩當然就採直寫的方式。這中間他們也叫我用毛筆寫詩，我一度覺得傷腦筋，只好用平假名胡混過去。因為不是漢字，所以沒有人分辨得出巧拙，我還大言不慚的說，這是我們日本人很久很久以前就想出來的關於簡體字的極致表現。

在重慶我經歷了一次恐怖經驗。那就是花錢玩「速滑」。在水寬及谷深都在百公尺的嘉陵江上方掛了鋼纜，腳用腳具固定住，手抓緊繩子後，整個人便被吊在半空中，然後再藉著滑輪帶動往下滑。同行的中國詩人一一婉辭，不是說腳痛就是說以前滑過，只有我在好奇心的驅使下，試著讓自己掛在半空中。一等站在出發的平台，並從台上往下看時，才發現已經追悔莫及了，我還來不及揮手，不到十幾秒的工夫我便已經滑到對岸了。不過抵達以後便彷彿來到了天堂。在往山上的路途中，我在看起來頗為風雅的竹轎子上睡起覺來。抬轎的是住在山另一頭的兩位農民，在陡坡上聽見兩人上氣不接下氣的喘息聲，讓我深感罪惡，於是只好自欺欺人的想像自己是古代年邁的皇帝，以求心安。

這一路，我曾經住過因為停水而無法清除糞便的留學生會館，但來到上海，入住的是有NHK直播的飯店，跟在日本沒什麼兩樣，反而讓人覺得無趣。直播正在報導重慶國營企業裁員的深刻問題，然而，看著上海櫛比鱗次的耀眼高樓，一時覺得那好像是在談其他國家的事。來到「上海博物館」，因為去年來時時間不足，來不及看少數民族的服裝和器物，於是便卯足了勁看，並對那些華麗的服裝或器物感到嘆為觀止。我對人們特別將之稱為藝術頗不以為然。所謂的藝術或文藝，都是從每日的生活中產生的。我們在失去了生活之美後，試圖將藝術帶進生活，這是否稱得上就是幸福呢？

不過，眼前的這個國家，倒是能在飲食上看到諸多的美和健康的元素。不到三百日圓就能吃到一頓吃到飽的早餐，盛在不鏽鋼盤子上的食物不僅菜色豐富，也非常好吃，我到今天還能這麼充滿元氣，想必是得助於這不同於日式中華料理的道地中國菜。明天，是他們的建國五十週年紀念日。

十月十七日（星期天）

過完酷熱的夏天，戶隱終於透出幾絲涼意，我們正在「油燈」咖啡店的陽台桌上煮著野菇火鍋。今早我們一行人在當地的野菇名人指導下，沿著黑姬山登山步道努力採野菇，然而或許是因為一邊欣賞即將轉紅的樹葉，一邊受到路上熊糞的影響，收穫未如預期，鍋中的各種蕈類有一半以上都是日前野菇名人採收回來的。筷子每挾一次東西就要詢問一下名稱，但我總是左耳進右耳出，聽完就忘。我只顧著向冷笑話名人河合隼雄[60]學習，對著不同的菇類，胡亂取著帶有諧音的名字。

昨夜我們在戶隱中社鄰的舊本坊「久山旅館」的榻榻米會場上，舉行「談話、朗讀和音樂的夜晚」。負責談話和吹長笛的是河合隼雄先生，河野美砂子女士負責彈鋼琴，我則負責朗讀。主辦單位是「油燈後援會」，這個會由會長（我）和副會長兩人成立，副會長山田馨是個忙碌的編輯，總是利用工作空檔尋求地方的贊助，因而促成了這次的活動。這一切要從山田先生和當地的「油燈」咖啡店主人高橋夫婦是長年的好友說起，而能把超級忙碌的河合先生也拉來，就得歸功於山田的為人了。

60日本心理學者、心理療法家、前文化廳長官（一九二八—二〇〇七）。

在地方有志人士為我們向「越天樂」的戶隱神打過招呼後，聚會由河合先生的「自然與療癒」演講拉開序幕。河合先生引用老子《道德經》，說在遇到心靈受創的諮商對象時，自己能做的就是「什麼都不做，只陪在旁邊」，不過這並不是真的什麼都不做，在那之前，必須要先給對方「全部的愛」才行，河合先生說到這裡，舉兒童文學作品《回憶中的瑪妮》為例，說到一半，竟然流下眼淚哽咽不語。這個故事的主角是個自幼父母雙亡的女孩，她被送到孤兒院，變成了一個面無表情、不輕易表露自己的女孩，不過最後女孩被沛葛夫妻收養，而這對夫妻正是「什麼都不做，就只是給她全部的愛」的人。

哽咽無語的河合先生到底是抱持著什麼樣的心情，此刻雖然不宜妄加猜測，但依我想，他應該是想起了那些他所接觸過的諮詢對象，他們的故事讓他不能自已。這既不是出於感傷，也不是出於自我陶醉的淚水，反映出河合先生的工作是何等的困難和艱苦，想到這裡，我深受感動。自然雖然具有治癒人的能力，但光有自然，人還是無法被治好。河合先生固然說「我只要變成樹木或石頭就好了」，可是人要做到「什麼都不做，只陪在旁邊」，是需要多大的能量啊！在親子、夫妻這樣親近的人際關係中是否能做到這點，我不得而知，但不管怎樣，我在聽河合先生談心理療法時，我所思索的關係並沒有停留在諮商者和被諮商者兩人之間。

第二階段由歌人河野女士彈奏巴哈的〈耶穌，人類歡娛的願望〉展開。河合先生的談話言猶在耳，正好讓我沈浸在這首曲子裡。這首曲子我從年輕時就很喜歡，即便人的想望不見得都能實現，但願望本身就是很大的喜樂，關於這點，我是到中年之後才體悟到的。伴隨著這美麗的旋律，我想起了武滿徹生前說過的一段話：「『希望』是不可以離身的，真正的希望會帶來無限的事物，而且沒有止境。」

河野女士接著彈了巴爾札克的〈小宇宙〉、武滿徹的〈雨之樹·素描〉和德布西的〈孩子的天地〉，在我朗讀完詩集《裸》之後，長笛新秀河合先生吹了德布西、西莫內蒂的曲子，另外又吹了童謠〈里之秋〉和〈紅蜻蜓〉。安可曲是由武滿作詞作曲、河野女士編曲的〈小小的天空〉，在鋼琴、長笛的合奏和伴唱聲中結束了當晚的節目。因為預算的關係，並沒有送花的儀式，但無疑的，聽眾、演出者、主辦人都對這個小型的聚會樂在其中。談話、鋼琴、朗讀分別是我們三個人的專業，所以我們對來參加的人酌收了入場費，但這趟戶隱之旅，完全不覺得是來工作，反而覺得藉機暢玩了一回，真是太高興了。

會如此開心固然跟這塊土地的秋天之美和自然之賜有很大的關係，但是如果少了策劃人山田先生，就差遠了。山田先生是個工作與遊戲無分的人，唯有這與眾不同的特質，和他與生俱來的不可思議的親和力，才有可能吸引當地的鄉親前來，而他們的熱情也不容小覷。山田自稱吃過兩百零三種的菇類，是個不輸野菇名人的蕈類狂熱分子。野菇鍋裡的鍋料越來越少了。喝啤酒喝到醉的山田，開始逢人就親，雖然很傷腦筋，但今天就睜一隻眼閉一隻眼吧！

十一月三十日（星期二）

長一百八十公分、高七十七公分、鏤空後寬度四十五公分的手做細長型桌子，正好可以橫跨我的床。下面有小腳輪，所以可以自由移動。以前我會在上面放我早上喝的咖啡和吐司，現在幾乎都放書。看過的書、正在看的書、打算近期內看的書或雜誌，在這裡列出書名並沒有什麼意義，不如隨意引用我讀過的文章。

「二十二年前，全國有一百九十九家脫衣舞劇場，推算起來應該有一千三百九十三個舞孃在舞台上搔首亂舞。」「我曾經想，如果嬰兒擁有成人的知識與智慧，他們或許就不會用力學習走路了。」「九〇年代是環境污染非常嚴重的年代，除此之外，也是語言頗具污染的時代。」「二十世紀的人類喜歡車子。甚至有人將車子擬人化。他們對使用電動馬達的汽車非常著迷。這對思考汽車的未來，非常重要。」「十九世紀以前，文學並不具對話形式，幾乎都是採取獨白的方式。與世間的通論相悖，善辯的通常不是女性，而是男性。在世界各地的圖書館裡，男性在面對自己時，說的幾乎都是跟自己有關的事。」（各位著者與譯者，請原諒我未經同意便擅自引用。）

現代在日本流通的書籍多樣化到什麼程度，光看這些就曉得了，不過，這或許只是我腦袋處在混亂狀態的一種證明。可能是因為我從小就是在書籍的圍繞下成長，所以我無法喜歡書。隨著年紀增長，更是覺得從真實生活中得到的智慧，比從書中得到的知識還重要。如果想讀哪一本書，不是用買的，而是去圖書館找來讀，應該是比較理想的，但是我很少這樣做。出版社或作者寄來的書，就算一開始無意閱讀，但一翻開書，常常不知不覺的又會被吸進去。

最近，我一點一點的啃著《你吃了什麼？》這本書。一開始的〈MEMO〉

寫著：「基本上，是比呂美（伊藤比呂美）和貓咪（枝元奈保美）兩人的傳真書信。內容全都是過去式，另外多少也有一些虛構的成分……比呂美在家庭、家人的現實與理想間過著水深火熱的日子……貓咪則夾在兩個男人中間工作，每天疲於奔命……」伊藤女士是我的詩人朋友，除了對她個人感興趣，我覺得最有意思的是這兩個活到四十歲的女人，全身散發著生活的現實感和蓬勃的生氣。此外，每天不按牌理出牌的菜單，充滿了新鮮感，讓人看了不禁想學習一番。

「在鋁箔紙上放一張烘焙紙，然後在上面鋪上海帶，再放魚和蘑菇，包起來後放進烤箱烤……今天介紹的是以鹽和酒調味的生鮭魚加舞茸、海帶。舞茸真的好吃。」或是「茄子用微波爐煮熟，再撒些胡椒粉、羅勒，淋上義大利醋醬。將鮭魚浸在紅酒和羅勒中，再用橄欖油煎熟，最後撒上一些羅勒和檸檬。拿冷凍蔬菜和青蔥一起炒過後，放進雞湯裡面煮，混一些古斯米，最後再撒一點羅勒。」有時還會發發牢騷，說：「……老實講，我對料理已經感到厭煩。到外面吃也覺得沒意思。我真是個難搞的人啊！」

兩個人私底下的傳真互動，寫出了男性寫不出來的文體，這不能只當作是個人的東西來看，這是到目前為止不曾出現的書信集。對於有自己的工作、獨立自主的女性，像我這樣處境的男人如果能多設身處地的為她們想一下，就可以深深理解到她們的生活何其艱難。但願對這本書產生興趣的男人可以越來越多，我這樣想，好像也有在為自己尋求理解的嫌疑。

伊藤比呂美女士也是《日本現代詩的六人》之一員，這是一本內含日文與英文的CD書，由紐澤西的出版社出版，我這會兒才剛收到書。在我的獨斷下，我從不同世代的詩人中選出三位男士（窓・道雄、辻征夫、我）和三位女士（永瀨清子、石垣凛、伊藤女士），讓他們在我兒子的錄音室朗讀自己的作品，之後我甚至還去了一趟美國，因為是匯集很多人的無酬付出而完成的，所以我特別高興。兩張CD加上有一百七十頁之多的詩集，賣四十美元，應該足以告慰死去的永瀨女士。裡面收錄了伊藤女士所朗讀的〈我是安壽姬子〉，氣勢逼人，這和《你吃了什麼？》之間，好像存在著讓精神與肉體合一的東西，這東西或許可以被敘述出來，但我認為前提是你必須好好活下去才行。

十二月十二日（日）

「我從小就很喜歡畫畫，小學時代只有繪畫和唱遊得『甲』，其餘全都不行。這樣的狀況持續到現在，要是我手不會抖，我想我大概會停止寫詩開始畫畫吧！雖然現在還寫詩，但寫完不太有寫完詩的感覺，如果是畫畫，就會發出『啊』的感嘆……」九十歲的窓・道雄被稱是有時上台連一句話也不說的人，今天在我負責主持的場中，卻針對我的發問，如此輕鬆回應，惹來觀眾笑聲不斷。這是在岐阜縣美術館的演講廳進行的對談，同時美術館正在進行名為「『我存在』的不可思議　佐藤慶次郎[61]與窓・道雄展」，光這展題就知這展覽本身很不可思議。

窓先生因為是詩人，所以懸掛在場內的方框當然會展示他的詩。只是都和抽象繪畫的拷貝一起呈現，看著看著，我們還在別的牆面看到了原畫展示，這些繪畫作品全都出自窓先生之手。至於作曲家佐藤慶次郎的作品如何被呈現出來呢？擴音器既沒有播放他的音樂，也看不到牆面有樂譜出現，反倒是展示了幾樣大小不一的動態立體作品。說是動態，但既不像機器人也不是移動吊飾。那是由一些小球或小圓環以垂直的方式串連起來的東西，有時還會沿著被彎成圓形的鋼絲忽上忽下。這一切的動態好像都是來自磁力所引起的震動，但聽說並沒有經過什麼嚴密的計算。

最大的作品高兩公尺以上，光是主軸就有四十條鋼絲林立，題名為「岐阜芒草群'99」。這些輕盈的白球每個都以極小的速度差異上下移動，並發出小小的聲音，在旁邊看著看著，果然覺得看起來好像是芒草的新品種。以前我曾經寫過：「在輕輕搖擺的芒草細莖中，住著不知名的生命……磁力和風、光，同屬自然的各種力量之一，對我們來說，真的有所謂的人工這回事嗎？鐵也是從地底挖出來的，這芒草也自有它的根柢。」

窓先生的畫與詩，佐藤先生那難以言詮的作品，沒想到兩者的結合一點都不顯得唐突。兩者既沒有如膠似漆，也沒有相應不理。窓先生創作的東西和佐藤先生創作的東西，就只是「存在」於那裡，沒有自我主張，沒有想要博得好感，也不會刻意謙讓，就只是像花花草草那樣既樸素又豐富的存在著。那些東西被陳列在美術館這個封閉的空間，我們不妨說，那樣的空間好似又創造出另一個新的空間出來。這一切或可稱為兩人作品的力量吧！話雖如此，我還是有

61 作曲家、造型藝術家（一九二七—二〇〇九）。

著極其強烈的衝動想要說，是作者的人品讓作品產生了如此強大的吸引力。這個空間滿是悠然的靜謐……雖然佐藤先生不像窓先生那樣沈默寡言，但我很確定這兩人的內心深處都有著超越語言的某種東西，而這東西會創造出寧靜。

「譬如這裡有一張白紙，用原子筆像這樣一直塗，要塗到讓白色全部消失，是很花時間的。一邊畫一邊這裡看看那裡瞧瞧，一點都不會感到厭煩。嗯，這到底有沒有白費力氣我不曉得，不過，就是不會想要停筆……用原子筆一直畫圈圈，最後紙會破掉哦，紙破了，真的會覺得好開心，想都沒想過的事就這樣發生了……」

窓先生在談畫畫時充滿了熱度。長年研究窓先生的谷悅子女士曾說，圖比詩更能看出真正的窓先生，因為它和歌詞或詩不一樣，它完全描繪出他自身的喜悅。有別於簡短、留白多、像結晶體一樣的詩，窓先生的畫完全沒有留白，那種被線條和顏色填滿的表現讓我頗為吃驚。說不定那是窓先生的下意識在奔流。佐藤先生說這其實滿接近自動表述。窓先生就像是一片本已「存在」的芒草那樣，坐在谷女士、佐藤先生和我的中間，他一派悠閒，卻又帶著威嚴。「總而言之畫畫很開心啊！」因為他這麼說，所以我問他：「寫詩不開心嗎？」他回答：「是啊，經常困難重重呢！」

天空的——歌的——可以用眼睛
小水滴？——花蕾？——碰觸你嗎？

窓・道雄〈小鳥〉

二〇〇〇年一月十八日（星期二）

從昨天早上開始先是下雨下霰，後來雪就一直下個不停，這天氣跟我的心情簡直就是一模一樣，還好，今天的天空放晴了。我穿上以前訂做的、現今穿起來有點緊促的黑色衣服，搭地下鐵到四谷，再從御茶之水換車到東船橋。和幾位只有在這場合才比較容易見面的熟面孔一起從車站前面搭乘小巴，一路搖到殯儀館，抵達後，迎面看到的是再也不會現身的辻征夫[62]的照片。

我已經想不起來是何時認識辻先生的，不過，有一件事我倒是記得非常清楚，那就是一九七三年由我主編的詩誌《尤里卡》要臨時增刊，我放了幾頁他的文字和照片，標題為「辻征夫的一天．這裡是陰天」。辻先生三十三歲時，已經出版了第二本詩集《現在是吟遊詩人》，當時我已經是他的粉絲。《尤里卡》曾經刊載辻先生自拍他某天早上七點到晚上九點的實際生活照片（那和我的生活相差甚遠），除此之外，也附了類似如下的短文：

「如果當天沒有什麼非做不可的事，我通常五點一過就馬上回家。我不喜歡明明沒事可做，卻在那邊拖拖拉拉。同樣的，我也不喜歡在酒席中，老是聽上班族談論與人事相關的話題。喝酒應該是『兩人對酌如花漸開』，這個都市沒什麼花，我們就只好自己栽培了。」

我從一開始就對辻先生的詩和他的人很感興趣。他原本在思潮社當編輯，離職後到歌舞伎座的後台工作，之後又到都營住宅服務公社上班，這樣的辻先生算是異類詩人，我會感興趣，大概就是因為聞到那正經生活者的味道吧！說他是正經生活的人，辻先生說不定會生氣。因為他曾經斬釘截鐵的說過，上班和寫詩是無法並行的。雖然我並不了解辻先生的個人生活，但讀他的詩，就知

62 辻征夫生於一九三九年，二〇〇〇年一月十四日因病過世。

道那不是一個屬於概念的世界，而是生動傳遞出他是個在世間生活的人。這和出生在東京西郊田邊文化住宅區的我是很不同調的，辻先生出生本所，在淺草長大，雖然同為東京人，但總覺得我們所接觸的文化很不一樣。雖然辻先生身為知識分子，卻又排斥隸屬於知識階級，我們或許可以說，他其實是站在大眾這一邊的。因為這樣，所以我一直覺得，辻先生一方面保有很濃的少年氣質，一方面又比我輩成熟許多。

辻先生的詩以及他那寫得不比詩差的、文字洗練的散文，都有一種從容與緩慢，在他所創造的時間中透露著頗具格調的幽默，但是這並不表示他在世上過著輕鬆愉快的日子。在夏威夷海灘第一次實彈射擊後，辻先生寫道：「我射了好幾十發子彈，每一顆子彈我都認真以對，但最後還是覺得意猶未盡，每思及在那列島的時光就會有許多的事情湧上心頭，為此，我就更想寫下新的詩集。」這篇文字收錄在辻先生最後的詩集《與萌芽的新葉對峙》裡，這首主題詩的最後一節也很打動我。「滿是鮮血的抒情詩人在這裡／那些滿是鮮血的抒情詩人／都在高聲唱啊」。這時他剛好騎自行車跌倒，確實把自己弄得滿身是血，如果沒有經歷這個事實，辻先生應該不會用「滿是鮮血」這樣的形容吧！在比喻「滿身是血」之前因為有小小的現實發生，所以透露著幽默，也因為那幽默讀者才被實實在在的打動。

誦完經，跟辻先生較有交情的人全都來到祭壇前面，面對辻先生開始跟他說話。看來大家與他交談用的都是現在式，而非過去式。大家在寫詩以前，生命中就不能沒有辻先生這樣的人。燒完香走到外面，金色的靈車已經停在眼前。我想，辻先生一定會很無言吧！但雖無言，他還是有可能興致滿滿的寫下一首詩篇吧！還是寫俳句呢？以前我曾經很不以為然的說：「都什麼時代了還在寫俳句？」結果，曾幾何時我也變得每次都期待在句會看到辻先生。我很喜歡辻先生寫的俳句之一，是沒得到什麼點數的「跳盆踊的婆婆該回去啦」，想到辻先生一定可以像那樣變老，我就非常羨慕。辻先生過世之後，我的羨慕並未消失，這是為什麼呢？

二月十九日（星期六）

由武滿徹作曲的鐵琴協奏曲，今晚再次成為演奏的曲目，我在舞台側邊看了一下樂譜，突然意識到我這輩子竟然沒碰過鐵琴，我感到狼狽，心想這是噩夢，又想如果是惡夢的話那就要趕快醒來，於是我醒了。武滿創作的曲子中根本沒有鐵琴協奏曲。我覺得武滿這下一定要嘲笑我了，但想想這也不是什麼壞事。

如果是好友的音樂會或展覽會或戲劇演出，我通常都會去看，除此之外，我平常不太會去看這些。但是今天我心血來潮，搭乘公車到東京歌劇城的NTT通訊中心去看（聽？）「聲音藝術＝聲音這個媒介」展覽。宣傳單上寫著：「展覽會中，雖然用到感測器或影像，但展示的焦點會放在那些有意識將聲音作為表現重點的作家身上。這些作品利用環境音、電子音、人聲、自做樂器，甚至是電子機器所發出的噪音，或伴隨物理現象所發出的極細微噪音，試圖讓我們藉由未知的聽覺體驗去感知圍繞在我們身邊的各種事態。基於上述想法，本展覽呈現了以『聲音』作為創作媒介的九個人和兩組人的作品，除了在一般的展示空間展出外，也利用無響室[63]或室外的展示空間」。

我戰戰兢兢的進入無響室。在密閉的空間裡，獨自坐上椅子後，四周一片漆黑。椅子上附有緊急按鈕。如果受不了巨大音響的聲音，服務小姐會過來解困。這位小姐態度親和又會鼓勵人，讓我覺得她好像護士。聲音開始出現後，我的背脊瞬間發涼，因為音箱的震動帶來了一陣風。原來如此，這就是傳單上

63 無響室（Anechoic Chamber），是用來測定振動、轉動或壓縮類等機器在暫態或穩態下所產生音量的特殊聲波無反射實驗室，故無響室又名聲波無反射室。

說的「脫音樂」的聲音嗎？不過機器發出的大聲響遠遠不及雷鳴。即便是這樣，我還是覺得那聲音帶給我打雷的感受，我帶著這樣的心情走出無響室。

與剛才相反的，當我把耳朵靠近名為「眼見的光：光度分布與它的變動」的音箱時，幾乎聽不見任何聲音。說明上面寫著「館內的照明狀況，會依光度直接產生能量，本作品嘗試記錄能量所發出的聲音」。在其他常設展示室也有作品是要我們背著機器、戴上耳機，然後三個人在暗處走動，藉由聲音和光去測知自己和他人的距離，也有作品是牆的四周都是螢幕，上面放映的是國外野餐的風景，一等按下重新鈕，就變成一隻小狗將木棍咬回來的畫面，另外，也有作品是戴上3D眼鏡後，抽象的立體映像便排山倒海而來，我玩著玩著，漸漸有了到高級遊樂園玩的感覺。

每一個作品首先都有它想要傳達的概念，然後再經由許多的工夫、金錢和時間，才完成所謂的「作品」。那樣的過程和向來的音樂或繪畫或文學不同，總覺得並沒有反映出作家的深刻內在。如果這也稱為「藝術」的話，那麼藝術所追求的美又到哪裡去了呢？想到這裡，我陷入了懷舊的感慨。

那樣的美，我在岩井俊雄[64]先生的「七個記憶」的作品中找到了。在標本箱中讓一個小小的展示物，靜靜的飄浮在藉由半透明反射鏡合成的電腦映像中，看起來何其纖細、何其可愛、何其美麗！在袖珍書上旋轉的幾何立體物、從玩具的按鍵到軟碟所呈現的字母、從觸控式螢幕按下快門便可以看到自己的影像出現在底片上，這些作品的概念表達都還在其次，創作者主要是用一種更輕鬆的、帶著玩心的點子，利用最新科技展開遊戲。

我在館內的「自然風味」餐廳點了紅酒加福克西亞，心想這就是在都會的「甜美生活」吧！之所以有出門旅行的氣氛，是因為這樣的地方會讓人在原本

64 多媒體藝術家，著有繪本《一百層樓的家》系列。

一成不變的生活中有著輕飄飄的感覺。脫離日常的瑣事，忘掉與他人的不快，不去管地球的未來，然而在這短暫的享樂時光中，還是難免會有一些罪惡感。

和人氣不高的「聲音藝術」會場相較，到藝術畫廊參觀難波田龍起[65]展的人潮就很多。九十七歲過世的這位畫家在九〇年代的某一段期間都在創作生平大作「生之記錄」，最後的作品題名為「病床日記」。光從題名就可以看出他的創作態度和「聲音藝術」的創作者們是很不一樣的。難波先生的抽象來自於具體的生存，可是「聲音藝術」的那些作家乃是從概念出發，雖然試圖碰觸生存的具體性質，卻好似碰觸不到。當我獨自走在那個由石頭和金屬構成的龐大空間時，雖然覺得暢快，卻也感到不安。

三月二十九日（星期三）

小學三年級的小香，和六個月大就和我成莫逆之交的祥子，不知道是不是因為昨天在豪雨中遊迪士尼遊得太累了，兩人今天的臉色都不怎麼好看。頭上綁著頭巾，身穿短褲、球鞋的這兩個人總是形影不離，隨時都沈浸在自己的世界裡。上午九點半從東京車站搭「鴿子巴士」的這一行人，現在來到皇宮前的廣場，大夥以二重橋為背景，正在拍紀念照。四十多年前我好像也曾經搭「鴿子巴士」，並拍過紀念照。那時是因為姨丈和阿姨從京都來，我們一起到吉原看花魁道中[66]。和那時的巴士不一樣，現在的是德製雙層巴士。

小香不會當我的面直接說，但她在背後似乎都稱我為「糞便學者」。那是因為她喜歡我寫的關於放屁或大便的詩，於是她的媽媽便教她「糞便學者」這個語彙。這位有點與眾不同的媽媽是山本真弓女士，我第一次和她們母女認識是在加德滿都（兩人都會講尼泊爾話、英文和日文）。當時她是外交部特派的

65 畫家、詩人（一九〇五—一九九七）。
66 「吉原」指位在東京台東區的風化區。「花魁道中」指遊女盛裝遊街。

專門調查員，現在則是山口大學社會學的助理教授，她寫過《尼泊爾人的生活與政治》一書。她一點都不像學者，總是精神奕奕像個男人，最早是友人佐佐木幹郎介紹我們認識的，每逢中也祭我到山口去時，我們三人總會聚在一起說些沒營養的話，這次是她利用春假帶小孩來東京玩，我負責作陪。

小學生們對楠木正成[67]銅像不感興趣算是理所當然，但是四十幾歲的山本女士問：「這位是誰？」就未免太讓人感到驚訝了。我說：「小學的同樂會原本由我飾演正行，我喜歡的女生飾演正成，兩人最後要在櫻井演出父子別離那一幕，結果那天我發高燒，沒能參加演出，我到現在都還覺得好遺憾呢！」即便我說了這段，卻好像沒說明到什麼。只能說歷史是我的弱項。我們又再次上車，接下來的目的地是淺草，在午飯之前是自由活動，我提議省掉去觀音寺參拜的時間，就帶孩子們到處處是外國人的仲見町逛逛，買買孩子們遊東京的土產，但光是做決定，就花了好多時間。結果，這兩個小孩分別選了一模一樣的

「早安少女」墊板，一共是八百四十日圓。因為在山口買不到，所以這也算是東京土產吧！我對墊板上的幾位「少女」，完全無法分辨她們的長相有什麼不一樣。

中午吃炸天麩羅，之後到吾妻橋的岸邊搭船，我們搭的是類似巴黎塞納河遊船的水上巴士。宣傳單上寫著「SINCE 1885」，以前這種船被稱為一錢蒸汽。現在每艘船的名稱動不動就是「海舟」、「道灌」[68]、「馬可波羅」、「威尼斯」、「江城」這類誇張的名稱，實在讓人覺得有點丟人。廣播介紹中說隅田川的語源來自「澄澈的河川」，看到有很多水鳥浮遊其上，想必也有不少魚棲息水中吧！鑽過好幾座橋，心想還好不是用外國的名稱，沒想到前方就看到以外來語命名的「彩虹大橋」。從日之出棧橋往下，就到了「紅嘴鷗」。

67 鎌倉幕府末期到南北朝時期著名武將。
68 取名自太田道灌、勝海舟，皆為歷史名將。

年輕的導遊很幽默。我冷冷的看著她在自動閘門前為大家說明如何驗票，她帶著一副羞澀的表情問：「大家都知道了吧！」讓我覺得很做作。她手上的黃旗子映在晴朗的空中非常好看。我們在這裡有幾種選擇，小香和祥子這二人組表示希望到臨海副都心的富士電視公司參觀。兩人在意的是能不能遇見明星。我也上過電視，但她們完全不把我看在眼裡。搭電梯到七樓，強風幾乎要把人吹走。從二十五樓球體展望室看到的風景，想必是道灌先生和海舟先生都想像不到的。我總覺得從高處下望，多少有種輕蔑人間的意思。每個人都喜歡往上爬，是因為這樣就看不到滿是泥巴和汗水的紅塵細部，這樣，就會讓人感到心情舒坦了！

等再回到出發點時已經過四點了。這種形式的觀光到底會在孩子的心內留下什麼？或是什麼都不留？這讓我覺得很不安。由於小香說她想要買跟祥子一樣的兒童用雜記本，所以我們又到銀座的文具店和百貨公司找了半天，終於，找到類似的。她們又一起買了相同的原子筆，墨水是粉紅色的，還有草莓的香味。說不定，這個香味會永遠留在小香的記憶中，我開始像普魯斯特那樣想著。山本助理教授說：「我現在被女兒遺棄了。」那口氣聽起來好似帶著沮喪，又好似有些得意！

四月十四日（星期五）

穿著紅衣的達賴喇嘛法王十四世，站到繁花圍繞的講台上，先是測試一下麥克風，問問觀眾：「聽到了嗎？」他的背後掛了一塊用金線刺繡釋迦牟尼像的布，兩側是搖滾演唱會用的大螢幕，舞台側邊站著看似警衛的男人，整體氣氛嚴肅，但是達賴喇嘛完全不以為意，他的神情愉悅，讓坐在包廂的我也能輕鬆愉快的親睹法王的風采。

前段先以藏語誦經，接著法王呼籲會般若心經的觀眾用日語跟著一起念。

在聚集了將近八千人的東京灣NK大會廳，誦經聲像海浪般逐漸淹沒了會場。與其說是人聲，不如說是自然的聲音，當然，這聲音不像搖滾那麼喧鬧，也不像古典音樂那樣有嚴謹的秩序，總之，是我不曾聽過的聲音。法王「咳」了一聲之後，開始說話。

他一邊說話一邊搔搔頭摸摸肩，可能是太熱了，他露出內衣，手上有著好像被蟲咬過的紅點。當現場翻譯的人在講日文時，他就念念放在旁邊小桌子上的礦泉水標籤，或是拿掉附在衣服上的髒東西，另外還將糖果塞進嘴裡，對著大家笑了一下。這些動作從容自在，完全不見造作。通常我們會用「天衣無縫」形容這種狀況，但我覺得連這樣的成語都很多餘。我看著法王那輕鬆自在的舉手投足，以及他那調皮的表情，真覺愉快極了，光是這些就讓我心滿意足。

我自問，不是來聽他講道的嗎？但仔細想想，就覺得好像也不是這麼一回事。這次聚眾的講題是「達賴喇嘛法王東京演講」，而英文的演講正是teaching

這個字。沒錯，我也和大家一樣，想來聽聽法王的教誨，但我隱約覺得那教誨應該不僅僅只是來自語言。我周遭有幾個人之前見過法王，他們都跟我說，先不論他說了什麼，有機會見到達賴喇嘛這個人就是很難得的經驗。

真的有人會將自己肉眼所看到的事物，以超越語言的方式傳達給大家。我不認為我是個會看人的人，但我心想，就算遠遠的看也沒關係，我真的想看達賴喇嘛一眼。並不是說看了就可以懂得什麼。但感覺在看的過程中，那愉悅的感覺正一點一點的滲進我的內在。法王淺顯易懂的話並不會讓人覺得無聊。譬如他說：人只要買新車就會覺得開心，可是一旦車子舊了就會想要再換新的，於是開始為金錢所苦。幸福在不知不覺間會帶來不幸，幸福成了帶來不幸的原因，能用這麼平易的話來說明，想必更能說服人。

然而我在中場休息時隨意翻了翻剛才買的《達賴喇嘛　如何培養你的心》一書，就發現真的有些東西是印刷字體所無法傳遞的。法王說：「我相信人生的真正目的是追求幸福。」對話者問：「您幸福嗎？」於是法王回答：「嗯，那當然。」對話者在書中不得不補充道：「法王的聲音斬釘截鐵，穩重誠實。那誠實乃是藉由法王的表情和眼神傳達出來的。」法王除了用言語回應，更重要的是他還藉由他的存在來回答。那存在藉由身體的行動或臉部的表情或聲音，如實的傳遞給他人。

我想起以前曾在某個雜誌讀到中澤新一[69]先生和養老孟司[70]先生極為有趣的縱橫談內容。「日本人有一個根深柢固的觀念，認為不進入言語系統的就不叫思想，還有，未經系統化的也不叫思想，到現在，這樣的束縛都還不能解開。」中澤先生提出這樣的看法後，養老先生回應道：「自明治以後，尤其是再加上戰後，言語系統確實有肥大化的傾向。不論是媒體或是各位說的話，都是言語肥大化的表現：江戶時代的語言感覺是伴隨著身體而來的。這些後來不是變成了茶道就是變成了武道，換句話說，都變成了『道』。」

看著達賴喇嘛的身影，聽著他的聲音，漸漸的連做筆記都嫌麻煩了。我原本是個話不多的人，雖然我這樣說或許有人會笑我，但如果哪天我可以單獨見到達賴喇嘛，我想我大概是只要能跟他握手就會心滿意足了吧！

五月三十一日（星期三）

桌上的蠟燭在燒，桌子底下的貓咪普列德在等著食物屑掉下來。將切好的水煮蛋和青蘆筍拌在一起，再撒點融化後的奶油，就成了一道前菜，主菜是用鐵鍋蒸熟再煎的雞肉，上頭再淋上攙有香草、鮮奶、大黃的甜醬，配菜是以生產起司而享有盛名的薩姆索島產的新馬鈴薯和小黃瓜，甜點是有機店買的冰淇淋，當然不忘再淋上一些甜醬，酒是梅多克產的紅酒，以上是昨天的晚餐。雖

69 人類學者、思想家、宗教學者。
70 解剖學者。

然稱不上豪華，但據說這就是典型的丹麥家庭料理。這是在哥本哈根的餐廳所品嘗不到的美味。

這個家庭的主人漾即將要過七十二歲的生日，他以前是庭園師，但後來改行當畫家，看似抽象的畫面，總是隱藏著花草的色澤或形狀。深愛漾並一心守護著他的是他的太太琪兒絲汀，她的表妹蘇珊告訴我，這是她的第四次婚姻，現在她終於將幸福握在手中了。蘇珊是將我的詩翻譯成丹麥語的詩人，她不久前離婚，剛從美國回到故鄉丹麥。在哥本哈根西北邊約三百公里處的日德蘭半島，有個名為席爾克堡的城市，那裡的美術館收藏了許多蘇珊父親阿斯格・永（Asger Jorn, 1914-1973）的作品和物件，她的父親在日本雖然不太有人知道，但其實是一位國際知名的畫家。

就像自由爵士樂的即興演出那樣，他那有如神鬼附身般的顏色和筆觸，完全無法被畫框框住，而且正以充滿暴力的方式，流瀉到看畫者的心裡。長十四公尺的壁毯、難以數計的燒陶或雕刻，顯示他的創作能量可以媲美畢卡索，只是不同於畢卡索的是，阿斯格．永相信自己心中的混沌狀態更勝於眼中可見的現實。他和杜布菲[71]交情匪淺，美術館的外牆正是以杜布菲的畫作作為裝飾，但怎麼看，都覺得比阿斯格的畫有秩序一些。我在年輕時曾醉心於漢斯．威格納[72]的椅子和桌子，以白色和有質感的木頭為基調的作品造就了丹麥井然有序的室內，這和阿斯格．永充滿混沌的作品形成強烈對照，讓人覺得人的意識和無意識的對比可以藉由圖像的解說看得一清二楚。

阿斯格的照片會讓人覺得他是謙謙君子，根據蘇珊的說法是「沒有女人可以對他置之不理」。光從這點就知道她對父親的感情並不單純。日前，蘇珊把

71 Jean Dubuffet（一九〇一—一九八五），法國畫家、雕刻家和版畫家。
72 Hans J. Wegner（一九一四—二〇〇七），丹麥家具設計大師。

小時候父親為她畫的油畫拿到拍賣會。據說一張圖就足以買下哥本哈根的一間公寓。雖然很讓人羨慕，但也不難想像，對蘇珊而言要放掉那樣的畫有多艱難。我告訴她，妳父親如果想到妳可以重新出發，應該會感到高興的。

席爾克堡還有一個有名的東西。那就是被放在玻璃箱子裡、當年已經兩千四百歲的鐵器時代的男子。據說是一九五〇年在附近的泥炭層發現的，看著戴著皮帽、一副青銅雕塑般的表情，不知為何，讓我的心臟噗通噗通跳。頸部留有一圈繩子，幾乎可以確定是遭絞首而死的，因為不是罪犯，而是宗教的犧牲者，所以傳單上寫道眼睛和嘴巴都是死後由人幫忙閉起來的。然而就算不知道這些，那表情所透露的沈穩之痛，讓我想起人的尊嚴。從活著的人身上，我不太會有這樣的感覺，這人死去的容顏，卻是如此的充滿生氣。然而被稱為「圖倫男子」[73]的這個男人，他的臉上烙下的印記是人類的共同命運，說的是我們只能將生與死交給時間與自然，但他也同時告訴我們，我們絕不能輕忽小看這等事。

我二十三日來到哥本哈根，算算已經有一個星期了，蘇珊和我為了接連不斷的採訪和朗讀，早晚都在一起。剛出版的「二十世紀的二十位詩人」系列選集中，有一本是我的詩集，比較驚訝的是，同系列中也包括了葉慈、格特魯德·斯泰因兩位詩人。據我了解，丹麥的詩人大都接受國家的輔助金維持生計，不靠輔助金的詩人往往被評為動機可議。有些批評家會說我們是被社會寵壞的一群人，可是在丹麥這個國家，不只是老人，他們也看重詩人或作家。

或許這也沒什麼好說的，比起同時代的同業，還是那位兩千四百年前被絞首的男人讓我覺得更有親近感。那男人也和我們一樣，都在同一個天空、太陽

73圖倫男子（丹麥語：Tollundmanden）是一具在自然環境下形成的木乃伊。透過放射性碳定年法，推論出他生活於西元前四世紀，也就是斯堪的那維亞的前羅馬鐵器時代。

和星星之下，出生於同樣的一塊大地。這麼想，對我有激勵作用，我不免感慨，二十世紀真的是個這麼心志薄弱的時代嗎？

六月十九日（星期四）

我家的郵筒有些與眾不同，有著不鏽鋼門的受信口特別大，長寬各四十公分。當初的設計是信件或包裹可以直接滑進玄關旁的小房間，地板上放著俗稱「通函」的塑膠製大輸送箱，正好可以收放郵件。幾年前，還曾有小偷從那裡進來偷東西呢！

當時我發現放在二樓的包包裡面的現金不翼而飛，就覺得奇怪，結果第二天夜裡正準備上床睡覺時，突然聽到樓下傳來小小的喀嚓聲，原本一直會發出聲響的冰箱陡地靜了下來。但狀況顯示又不同於停電。看來是樓梯下方的斷路器斷電了。雖然心裡毛毛的，還是帶著手電筒戰戰兢兢下樓打開斷路器。這時，玄關旁小房間的隔間牆露出了一雙穿著髒球鞋的腳。或許是因為這腳看起來很小，我無所畏懼的大叫：「出來！」就這樣一個臉圓圓的約莫小五、小六的孩子冒了出來。他全身緊繃貼著牆不動。我猜或許還有同夥，於是探頭看向外頭，只見一台自行車大剌剌的停在那裡，椅座上還披了一件外套。

我閃過報警的念頭，但因為對方是個小孩，加上半夜做筆錄也很麻煩，於是作罷。我問他昨天晚上是否來過，他搖搖頭。之後不管我問什麼，他都保持緘默。

就我推測，前一晚上偷我現金的應該是他的損友。一定是這位損友告訴他，這家的主人很脫線，家中的現金隨便放，於是慫恿他可以從受信口進來。我警告他，下次如果再來，我就會通知警察和他的家人，說完之後我便釋放了那個孩子。他連一聲「對不起」也沒說，就騎著自行車走了。我後來想，應該記一下他自行車上的名字和住址，但都是事後諸葛了。我完全不確定我的作法對不對，我僅能想到的是如果我沒有做斷路器的自動裝置，那天小偷應該就成功了吧！第二天我馬上到業餘木工店去買了圓棍，釘在受信口的內側，防止再有人進入。記憶中，我在進行這項作業時，不知為何兀自興奮著。從那以後，家中就不曾再遭小偷，但是我心中的憤恨與不平始終未消。我的憤恨並不是針對小偷，而是轉嫁到過多的郵件和包裹，且那已經是好幾十年不變的事了。

我已經不記得我是從什麼時候開始對郵局寄來的東西不再感到開心，而是感到痛苦？宣傳DM或是連開都不想開的企業宣傳誌，真是看了就倒胃口，很久以前，我還會用橡皮章蓋上「拒收」的印記。後來知道怎麼做都無效以後，就自認倒楣的接受了。即便如此，還是有許多人家寄來的雜誌，和別人贈送的書，總覺得丟在一邊看都不看是件很罪過的事。而且光是打開信封，把它們分類到可燃垃圾，都要費一番工夫，所以我一方面帶著歉意，一方面又覺得有一股無處發洩的憤怒在，而這兩道漩渦總是糾纏著我不放。幾年前開始，每週有三天會有人來幫忙我處理一些雜務，所以變得只有私人信件以及和工作相關的信件會被送到二樓。可是一旦有幾天出門不在家，我一回來，肯定會看到吃飯桌上的郵件（現在還有傳真）被堆得像一座金字塔，我只好躲到桌角侷促的用餐。

最近我開始改變態度。就算是友人寄贈的書，我也有權利在想讀的時候才讀。如果對照一下憲法，一定可以找到相近的條例。別人有求於我是件高興的事，而且也多虧這些才造就我的工作，但如果太過，就會變成沈重的負擔。朋友送的書或一些工作上的請求，我對他們的感激不曾或忘，但是如果那會變成我的壓力，我除了對自己無法回應感到罪惡外，也對成就我目今生活的現代龐大媒體感到厭惡。我的心情很像那用力挺住不讓身體被推出土俵邊緣的相撲力士。雖然看不到那個要將我推出去的對象，但我很清楚我要捍衛的是什麼。簡言之，就是無為的時間。雖然有人會說這種時間要多少就可以有多少，但偏偏我是個不夠有氣魄的人。

怎麼變成如此誇張的抱怨呢？咦，樓下又傳來好大的一聲「咚」，郵差先生辛苦了，我對你沒有任何怨懟。而且比起伊媚兒，我更喜歡紅色的郵筒啊！

七月二十三日（星期日）

我是獨生子，加上戰時家裡未受到直接波及，所以到現在都還留有很多小時候的照片。最開始是照相館拍的，很多都看得出來被修過，慢慢的，出現的都是母親拍攝的照片。她用被命名為「柯達二號摺疊自顯影」（Kodak No.2 FOLDING AUTOGRAPHIC）的蛇腹式布朗尼相機拍，在英文的說明書中，現在仍夾有母親年輕時的友人寫的一些注意事項。例如「試著在月夜以樹為前景拍淀之川，捕捉葉隙中的月亮，然後拍出月光照射在水面的樣子，十至十五分，16stop」等等，因為寫得很仔細，我猜想這位青年應該很喜歡母親吧！

進入青春期之後，我纏著母親，要她買當時最熱賣的雙眼相機給我，從此我開始自己拍照，還有就是從那以後，我的身邊總會有好幾台相機隨時待命。雙眼相機被有測距儀的佳能（Canon）取代，然後是單眼、立可拍，接著是進化到數位相機，我一路都跟著潮流的步伐走，不過，我並不全是為了替家人拍照，由於工作的關係，我對於影像與語言的結合也很感興趣。我剛開始寫詩沒多久，就寫過用照片說故事的詩或短文，之後發展成記錄電影或劇情電影的腳本，以及撰寫繪本的文字，這樣的工作不曾中斷，而且我也有很多和攝影師一起工作的機會。

今天我在東京都寫真美術館和長野重一[74]先生對談。長野先生大我六歲，但是看著正在展出的長野先生攝影展「這個國家的記憶」，卻有很強的感受，

74 日本攝影家。

覺得我與他走過的是相同的時代。最早的一張照片「空襲後陷入火海的我家」是一九四五年拍的，接下來的照片則有東京銀座的「佔領軍的吉普車」、「佔領軍的交通號誌」。這光景予人一種奇妙的熟悉感，但我的感受不僅僅止於這些。照片中的過往讓人覺得與現在並沒有什麼不同。長野先生一邊記錄時代，一邊拍下那些幾乎是以持續低音方式存在於世界的普通人的生活，使得那半世紀以來圍繞著你我的時代變化，又彷彿只是人類歷史長河中的一瞬間。

長野先生對於拍攝對象並不會投射過多的自我情感。不妨說他是冷酷的，但還是免不了帶點都市人的犬儒主義性格。長野先生曾經在專訪中說，他發現一旦變自由了，即使是用客觀的角度拍照，照片也可以透露出個人的看法，而我個人認為，不限於照片，舉凡所有的創造性工作，都有必要在主觀與客觀之間維持微妙的平衡。對談後聽眾問道：「在表現時，要怎樣才能不陷入自我滿足？」我回答：「去找可以讓我們忘掉自己的對象。」我當然很清楚，以現在這樣的時代，要找到那樣的對象非常困難，但是我會這麼說，是因為在同樣的展場看到另一個名為「水俣．東京展」的展覽後有感而發的。

只要站在水俣這個對象前，自我表現的想法就會煙消雲散。拍攝水俣的那些攝影師，都必須將自己獻給那些被拍攝者才行。不管怎麼拍都拍不出它在現實中的重量與深度，不這樣與之纏鬥，大概就無法逼近水俣的現實吧！再仔細一想，所有的現實不都是這樣嗎？長野先生拍攝的與其說是對象中心，不如說是它的邊緣，原本以為和對象毫無關係的事物卻入鏡了，這其實是為了想掌握現實的深度。在這種狀況下，攝影師本人也沒有位居中心，而是屬於現實這個複雜世界中的星座之一。

在對談中我們也談到黑白和彩色的差異，長野先生的照片一向都是黑白，基本鏡頭都是二八釐米，連這些都讓我覺得意味深長。我們的眼睛容易受到彩色照片的顏色吸引，但如果是黑白，眼睛就會看向被攝者與被攝者的非單一關係，換句話說，就是所謂的構圖。他會選擇常用二八釐米，其中的一個原因是因為那樣的鏡頭最接近人類眼睛的視角，就算我們只盯著一樣東西看，但其實我們的下意識也在看著它與它者的關係。照片讓瞬間停格，卻反而讓我們察覺到那不曾停止流動的潛意識。

把用數位相機拍下來的照片用伊媚兒附檔寄給朋友，或是和朋友交換大頭貼、立可拍，從這些行為可見照片已經變成現代人日常交流時不可或缺的媒介物。「在白紙的狀態下完全交出自己，而且什麼都不想的按下快門，我覺得這正是攝影的真髓。」這段話讓我看到了長野先生的柔軟與年輕。

八月二十日（星期日）

以前我在網路上閒逛時，跳出了個不知道是誰做的、標示著「射手座」的網頁。我是十二月十五日出生的射手座。我看了看覺得還滿準的，於是便列印出來貼在冰箱上。首先列表上說「射手座對少了什麼非常敏感」，接著又寫道「隨時都感覺有所欠缺，於是便開始尋求。也被稱為理想主義者。對於在概念上無所缺的神，很容易接近，也因為如此，通常對他人都很寬大，但這也有可能造成爛好人式的寬容，或是在態度上顯得傲慢、唯我獨尊」。不過，我個人最滿意的一段是「射手座的那種無所謂，有可能是來自於他們對於欠缺並不會持否定的態度。了解自己何以對欠缺敏感，對射手座而言，正是打開幸福之門的那把鑰匙」。

年輕時我非常迷貝多芬。中年有一段時間很喜歡伍迪・艾倫的電影。雖然談不上是粉絲，但我深深被勝新太郎的人生態度所吸引。詹姆斯・桑伯[75]畫的圖和寫的文字我都很喜歡，我對吉本隆明[76]先生充滿了敬畏。這些人都是射手

75 James Thurber（一八九四—一九六一），美國作家。
76 日本詩人、評論家、思想家（一九二四—二〇一二）。

座。雖然同樣是射手座，但松下幸之助、松雪泰子、土井貴子、小林幸子、卡索麻紀、諾斯特拉達姆士這些人我就覺得很有距離，要是能夠多了解他們的為人和工作，說不定就能找出我們共通的資質了。

今天去新宿的小田急美術館看「寺山修司[77]展」。在這個可以看成是三澤紀念館濃縮版的有趣展覽場中，剛好來了幾個看起來有點安靜的年輕人。我第一次見到寺山時，也跟這些年輕人的年紀差不多。一九五五年我看了他的第一部戲劇演出「遺忘的地盤」，我對他那極具爆發力的語言才華感到驚訝，當時他因腎臟病住院，我到醫院去看他，兩人一見如故。之後在交往的過程中，我才漸漸意識到我們兩人的相異處，對於他的工作也覺得有些地方跟自己並不是太合，不過，現今回顧起來，還是覺得「不否定欠缺的這種無所謂心態」或許是我們兩人同為射手座的共通點。

即便因為得了當時的不治之症而必須接受社會救濟住院治療，寺山也從來不覺得自己窮酸或是對境遇感到灰頭土臉。依我看，他不太擔心自己可能會死，他比較擔心的是更實際的、接下來的生活要怎麼辦。他出院以後，我與他窩在他的小公寓一起寫電台的廣播腳本賺錢，寫完後兩人就玩撲克牌，只是每次輸的人都是我。也就是說寺山是個「運勢強」的男人。這個「運勢」當然是他的才華帶給他的，同時也是他不把現實生活的不足當成一回事的那份強韌，換句話說，它是肉身的「我」透過虛構，把自己變成什麼都無所謂的人了！寺山對於「告白」，只有輕蔑和厭惡。

這次的寺山展有一個副標是「發亮的暗黑宇宙」，我覺得這很切中寺山的世界，也認為寺山那黑暗的部分，亦即他的下意識部分到底是什麼至今依然成謎。例如身為獨子的他和母親的關係長期困擾著他，我知道不少具體的事

77 日本劇作家、歌人、詩人、作家、電影導演、賽馬評論家（一九三五—一九八三）。

例，這在他各種不同的創作領域中不斷的被表現出來。然而，若要問屬於肉身的他對於母親抱持什麼樣的感情，即便我一度跟他頗為親近，也搞不太清楚，他給我的印象是，在對這感情追根究柢之前，他好像就先把它們當作創作的素材拿來使用了。寺山是否認為人並沒有肉身這一回事？然而以朋友的身分和他交往，就覺得他這人是個活生生的存在。隨時有著高度的野心，還發下豪語說要弄到一億日圓是件再簡單不過的事，只是說這話的人卻經常為無聊事大發牢騷，明明個頭不小，這男人卻愛穿厚底的涼鞋。比起耽溺在言語的世界、作品源源不絕的創作者修司，我更喜歡在日常中的修司本人。

我在想，他大概認為自己也是世界拼圖中的一小塊，而他要拼貼出這個世界的樣貌。對於表現潛意識，那樣的拼貼顯得過度明亮和華麗。與其進入黑暗宇宙的深處，不如在暗黑中給予一層華麗的外衣，讓它與光明等價，而這大概就是他的方法了。一如目錄中九條今日子[78]女士寫的那樣，如果寺山還在的話，他一定會善用電子媒體，在暗黑的展演中，不斷的創造出多彩的想像。

九月二十四日（星期日）

差不多就在平時上床的時間，我打開收音機。聽到廣播節目《收音機深夜列車》今晚的對談對象正是我的老友楠克典，他是最近躍上話題的「詩的拳擊」的推手，且一直聲稱自己是聲音詩人。電台給的題目是「現在詩正夯」，雖然我不曉得這是不是事實，但我聽說一些平常對詩不怎麼感興趣的人都在瘋「詩的拳擊」，連地方大會或各式的競技大會，甚至是摔角大會都蔚為風潮，雖然不是所謂的現代詩，但也有詩人因為在路邊賣自己的作品給路人而登上媒體，並因而聲名大噪，另外也有和傳統文人畫結合（？）的詩文作品被美術館當裝飾或是做成月曆的，看到這種現象，不免會想，這和人們閱讀賢治或中也根本

78 日本女演員、寺山修司妻子（一九三五—二〇一四）。

是兩回事，不過詩好像正在盛行也是事實。

過去傳播媒體也曾帶動一股詩的「風潮」，但這對許多詩人來說是不太有感覺的。最早應該是六〇年代，各家出版社出版的詩集和文學全集並排，賣出不錯的成績，但若以我的小人之心來解讀，大概是被買去裝飾新居的書架吧！接著七〇年代再造一股「風潮」，一開始是思潮社出了一套名為「現代詩文庫」的平裝、平價個人詩選集，借用高橋源一郎[79]先生的說法，那是高中生讀最多現代詩的時期。大概也是現代詩這個世界最充滿活力的時期。如今「風潮」又變得不一樣了。沒錯，茨木典子女士的新作和石垣凜女士的詩選集的確受到廣大讀者的青睞，但現在的狀況讓人覺得創作者比讀者還要有活力。

嚴格說起來，那些作者既不是現代詩的作者，也不是未來的準詩人。他們在馬路上朗讀自己的作品，或是在詩的旁邊畫上插圖後拿去影印，也有直接就在網路上架設網頁的。如果是以前的話，寫詩的人會把出版商業性的詩誌和在文學雜誌發表作品視為目標，先是從同仁誌開始，然後是商業性的詩誌，再來就是文學獎，這似乎已經成為詩人中的一種等級制度，然而，現在的人好像對這些都不怎麼關心，他們跟所謂的詩壇保持距離，想要跟讀者、聽眾直接交流。楠君曾說，他們認為比起表現，詩更重要的是溝通。依我看，這樣的現象一定和最近盛行的手機、簡訊、繪圖書信有著不可分的關係。他們應該是想要和他人共有彼此的寂寞和不安吧！

說不定他們連自己的文字是否成詩都不以為意。就我所知，他們寫完後拿來朗讀的文字，除了充滿人生教訓外，都是以博得對方一笑的無厘頭居多。屬於現代詩正宗流派的那些詩人無法接受，也是理所當然的事。只是，現代詩未免也太自我中心了，這導致讀者持續流失也是不爭的事實。太固守本位，反

79 小說家、文學家、評論家。

而看不到他人，或許我們也可以將這樣的現象視為是現代詩這個世界的一種反動。詩並非只存在於由一群天才詩人所堆起的、遙不可及的高處，我一向主張，詩存在於幅員更寬、坡度更緩、擴散更廣的山野，用這樣的視角來看，說不定現代詩也會開始像俳句、短歌那樣，終於可以變得更加親民。

在聽眾的面前朗讀自己的作品，這對詩人來說，是發現他者的絕佳機會。我年輕時只想到那樣的朗讀，應該就是為了將詩人生前的聲音存留在錄音帶裡面罷了，但六〇年代中期我在美國聽到他們的朗讀後，想法改變了。即便我現在認為聲音媒體和印刷媒體同等重要，但我還是堅持錄音帶或ＣＤ錄下的聲音和現場的朗讀是不可同日而語的。詩人和聽者在一個共創的空間中，形成一個短暫的共同體，在這個小小的共同體中，原聲的表現將詩從文字轉化成生動的語言。詩和散文不同，它不僅僅只是言語意義的串連，它還能讓人從詩中實際觸摸到聲音、氣味和意象。

聽說最近小學的國語課也很盛行在現場讀詩，也因此一些詩選賣得比普通的詩集還要好。明治以後就已經約定俗成，認為詩是要用眼睛讀的，但如果因為加上聲音，讓詩的世界變得更豐富，那就更大快人心了。楠君和我都曾經在節目上朗讀自己的作品，只可惜是現場直播，所以我都沒有機會聽到。收集真空管收音機是我的嗜好，若是能夠從我所愛的收音機收聽到自己的朗讀，一定很讓人開心。如果用老收音機聽，搞不好詩聽起來也會像浪花節[80]一樣，讓人誤以為日本的說書傳統又復活了。

十月七日（星期六）

我一路讀著羅伯．派克[81]所寫的推理小說，沈醉在充滿女性魅力的女偵探

80 浪花節，江戶末期以三味線伴奏的一種說書方式，後盛行於明治時代。
81 Robert Brown Parker（一九三二—二〇一〇），美國作家，主要作品是冷硬派的犯罪小說。

桑妮·藍道爾叱咤風雲的故事中，終於，我來到了荷蘭。從史基浦機場到鹿特丹的路上，天空出現了一道好大的彩虹。每次來我都覺得只要看看天空和雲，就曉得自己又來到了荷蘭。此外就是維梅爾、林布蘭和梵谷了，只是，這次行程緊湊，恐怕無緣再見他們的作品。同行的有大岡信、多田智滿子、高橋順子和我四人，我們是來參加日蘭友好四百年的活動，由我們和荷蘭的四位詩人連袂，各自寫好接力詩帶來，並在會場發表。我們是前天抵達的，昨天因為雷公發威而下起了冰雹。心想，這真是盛大的歡迎式啊！在荷蘭，現在這個季節好像每天都會讓人措手不及。

今天由「詩與國際」的幾位主辦人員帶我們到多德雷赫特。我們搭乘水翼船「飛翔荷蘭號」在莫茲河上航行了一小時後，便抵達了這個小港口。港口雖小，卻停滿了豪華遊艇和摩托快艇，真教人無法置信，何以這個安靜的小鎮，大家會這麼有錢？是否是殖民時期累積下來的財富呢？說到荷蘭，就會想到飛利浦這個大企業，我一直以來都是他們家電動刮鬍刀的愛用者，而說不定，他們的電子商務也正盛行。我們四處閒晃，走進大教堂參觀，出來後是此行難得一見的熱鬧商店街。主辦單位帶我們到一家空間狹窄的餐廳，店門口正有人在賣章魚燒！不過，內餡並非章魚。他們將麵粉烤得像鬆餅之後，再撒上滿滿的糖霜和奶油，最後淋上蘭姆酒就可享用。雖然我問了名稱，但因為發音不準確，便寫了下來。這荷蘭鬆餅的原名是「Pafferijes」。

我們先回鹿特丹的飯店，在一家很大的餐廳「Dudok」用餐，考慮到要上台，所以就不點紅酒了，我點了礦泉水配沙拉，吃過簡餐，就在烏雲密布的天空下，步行到圖書館附屬的劇場裡。場內傳來尺八和三味線的背景音樂。儘管這裡是現代詩的國際會場，但從外表一眼就看得出來我們是日本人。對比於荷蘭人依然謹守五七五七七的規則寫接力詩，我們以四行兩行的形式連續書寫，形式上相對自由，而這種對照，即便在聽荷蘭人朗讀時，完全分辨不出五七五是怎麼斷句的，還是讓我覺得有趣極了。雖然我們說日本詩的傳統在明治時代曾有斷層，但他們好像無從理解，他們似乎也把將接力詩寫在長卷上看成是日本詩的傳統，很遺憾，在下半場的座談會時，我沒有充分的時間跟他們說明。

令人讚嘆的是我們的詩全被譯成荷蘭文，並同步打在舞台後方的螢幕上。由於聽眾一邊用耳朵聽原來的語言，一邊閱讀文字的意涵，所以大家的反應都很快，而且比起用兩國語言朗讀，足足省下一半的時間。我問了以後才知道那是透過伺服器轉區域網路來呈現的。不過，使用最新技術並不表示一切就會順利。在昨天的日本詩人朗讀時段，就曾因為強棒大岡的詩沒有出現在螢幕上而一度中斷。我們的大師大岡先生似乎跟機器不怎麼對盤，昨天在接受比利時記者採訪時，索尼的錄音機也中途故障，今天又碰到這等倒楣事，使得大岡在之前的那家章魚燒餐廳的廚房對著我們大發牢騷。

在我的想法中，接力詩的生命就在於「接續」，所以我認為無須墨守傳統的法則，而且「接續」的目的超越了詩的形式或技巧，我們對於每一個個體是什麼這樣的提問，必須要有強烈的主張才行。而多數的詩人齊聚一堂，一起完成長篇的意義也在這裡。最理想的狀態是，我們必須來到榮格[82]所說的集體潛意識下，並在其中尋找能和他人共有的語彙。要寫的不是自我，而是必須寫出個我的深層內在。這和我們在面對平常的人際關係是同樣的道理。如果要問連句的定位，那我恐怕又要借用榮格的星座說來比喻了。那就是，不張揚自己，比自己重要的應該是想辦法讓這短暫的共同體可以被看見。

我雖然不曉得荷蘭的詩人是怎麼看待接力詩的，但在我的印象中他們的表現可圈可點。例如「女人的髮香／在房間暗處的／髮夾上閃閃發亮」「像進入牛舍的牛／思緒馳騁在滿是金盞花的原野」「雪下在草的床上／為那想要躺下

82 Carl Gustav Jung（一八七五—一九六一），瑞士心理學家、精神科醫師，分析心理學的創始者。

的人／鋪上床單」這樣的連結既動人又美麗。以往都是日本詩人和外國詩人經過幾天共同生活後完成接力詩，這次日本這邊是用傳真，荷蘭那邊聽說主要是用電子郵件。大家即使不見面，但語言仍在人與人之間串流，形成一股力量。要達到這個目的，就不能沒有好的翻譯者，關於這點，我們很幸運，這次有佛羅門．紀子和伊凡．史密茲兩位人士幫忙。

十一月三日（星期五）

手寫後拷貝的菜單上寫了一長串文字「一、酒菜　白蘿蔔　紅蘿蔔　小黃瓜／一、燉煮食物　雞翅　綠花椰菜　栗子／一、燒烤　炭烤香菇／一、各種涼拌　柿釜紅葉／一、醋漬　刺蓮竹葉舟……」。從新潟搭白新線約二十分鐘，在豐榮這個地方有一處既完善又美麗的名勝「福島潟」，那裡有間以葦草葺成屋頂的「潟來亭」，我在這裡準備用餐，他們的晚餐很適合最近較常吃素的我，想了就很開心。尤其是中間有葉子直徑達兩公尺的刺蓮，它葉子上有刺，又大得嚇人，可是它的花卻是小得惹人憐愛，它的莖像芋莖那樣，卻比芋莖更具野趣，而且非常好吃。

今天早上我七點起床，然後和片岡直子在車站會合，一同前往豐榮。住在當地的長澤忍來接我們。我們三人為了朗讀詩與參加座談而來，不過，我個人更大的目的是來看兩天前才開館的豐榮市立圖書館。這間圖書館由安藤忠雄設計，同時也是這次活動的會場。在正門下了車，迎面而來的是前院的一整片小葉青岡，大大的樹盡情的伸展它們的枝枒，樹蔭下則放了座椅。感覺圖書館正張開它的雙臂迎接我們。由於我在東京最常去的附近圖書館很像公家單位，所以看著看著不免羨慕起來。進到裡面，很快就知道這裡的建築基本上是以單純的圓形和方形相連而成。設計概念甚為明快，以白色木頭做成的書架、椅子看起來非常簡樸，而且不時有從上方、側面灑進來的自然光，先撇開精神層面不說，這樣的環境很快就能讓人的身體得到放鬆。

以往大家都認為圖書館基本上就是借、還書的地方，我們通常也是在找到自己想要的書、辦完借書手續後便揚長而去，然而，這裡的圖書館在設計之初就設定為是居民聚集的空間。原廣司設計的宮城縣立圖書館規模比這裡還大，我在第一次看到時，也有相同的感受。安藤先生以圓形和四角形作為基調，原先生則以長直線作為它設計的基本概念。他的設計可以讓我們像在逛街那樣，在書架間漫步遊蕩。據說，宮城縣的圖書館很多都是全家出動，譬如爸爸來看一些老電影，媽媽來翻新雜誌，孩子來聽故事，家人各取所需，度過快樂的一天。這裡的豐榮圖書館同樣設有兒童書區、故事屋、聲音與影像區、戶外讀書空間、咖啡廳等等，但最特別的是，它在二樓設有「少女漫畫區」。另一個值得一提的是，這裡由市民贈送的書就高達九千本。

小時候父母親一看到我在看書，就會說：「小孩是風的孩子，去外面玩吧！」但現在似乎有很多父母都在擔心他們的孩子不看書。我雖然覺得自己從書本受益頗多，也很珍惜這樣的收穫，但另一方面，也對書籍帶來的大頭症戒慎恐懼。最近很多人都說，一進入書店就有一種說不出來的壓迫感襲來，我也是這當中的一人，這是因為從某個角度來看，書或許也和電腦相同，是屬於脫離身體的虛擬媒體吧！沒錯，書裡面塞滿了「資訊」，但如果它們無法體現在真實的行動，就難以轉化成我們生存所需的「智慧」。讀書本來是一個人和書面對面所展開的孤獨行為，而唯有在和其他的各式活動有所連結，書才是活的。安藤先生在和豐榮市長對談時說：「我希望這個圖書館可以像以前的學塾那樣，成為市民聚集的場所。由於整個區域都很寬敞，要是能夠以書作為媒介，吸引從老到小的人前來，讓大家在這裡相遇，或是靜靜的思考事情，那就再好不過了。」

我暗自認為，想要理解這個時代，「寂寞」或許是它的關鍵字之一。日本人正面臨前所未有的景況，那就是每個人開始被一一孤立起來。大家族已經是古早以前的事了，家族結構瓦解，就連小家庭這樣的字眼也很少聽到了。包括我自己在內，獨居老人增多，不想結婚的年輕人也越來越多。公司也早就失去大家庭般的功能，住在都市的人每天在附近看到的都是陌生人。我們為了對虛幻中的共同體尋求歸屬，不停的打手機，不停的將精力花在電子媒體那無邊無際的閒聊當中，有時加入搖滾演唱會的群眾行列，有時在居酒屋鬼混，有時投身邪門宗教。豐榮稱不上是個都會，但這裡的地方政府也提出「地方社區的再生」這樣的標語，大家都在期待讓學校、圖書館來扮演社區中心的角色。以「和」為存活重心的我們這一代，恐怕會承受不了以「個人」為重心的孤獨啊！

小川市長也出現在我們的朗讀會上，他在致詞時說：「關於詩，我在讀過佐藤八郎的〈母親〉之後，就不曾再讀了。」他這麼老實，我覺得很好。如果沒有圖書館這個新創的場所，小川先生恐怕就不會有機會再接觸到現代詩。雖然不確定我們三人的朗讀到底是會讓現代詩多一名讀者，還是少一名讀者，但至少，我們在「瀉來亭」的事前討論進行到很晚，而且整個過程既融洽又順暢。

十二月十五日（星期五）

去年的生日我感冒了。前年的生日做些什麼已經想不起來了。生日這玩意兒其實非常擾人。年輕時聽到人家跟我恭賀，我會覺得不知所措，因為不太曉得這有什麼值得慶賀的。隨著年齡增加就更搞不懂了。我一直以為我今年要過七十歲生日，年譜上也是這麼寫的，可是，用我最近買的電子筆記「Palm」一查，才發現我今年只有六十九歲。69這個數字容易引人遐想，跟我的身分很不相當，讓我覺得不好意思極了。

我並不打算開生日趴，但是還是有人記得為我慶祝。住在隔壁的孫子們送來貼有史努比貼紙的紅酒和可愛的酒杯。在紐約的女兒打電話來問我有沒有收伊媚兒。我一邊和她講電話一邊急急忙忙打開電腦，出現在電腦螢幕上的是一張可愛的小狗照片和數位音樂唱的〈生日快樂歌〉。透過網路接到生日卡對我來說是新體驗。在郵寄的生日卡中，有一張是只要一打開就有熊的交響樂團跳出來，並唱著〈生日快樂歌〉，這讓我漸漸有了當壽星的感覺。

最壯觀的是一本題為「From 69 friends」的厚厚的檔案夾，那是由六十九位不曾謀面的年輕人在寫下他們的祝福後，分別把寫的東西貼在自己的生日別中送給我的。「一月十日・日本撞球冠軍」、「三月二十五日・Nothing is true, everything is free」、「七月十九日・紅內褲」等等不知所云的簽名讓人覺得有趣極了。做這個大書的是從小就是我的粉絲、現在已經是大學生的細川尚子小姐，她每年都會吆喝朋友，用盡心思為我祝賀。我對此心懷感謝。

雖說今天是我的生日，在工作上卻無從懈怠。傍晚在新宿有新書《克利的天使》簽書會，算算距離簽書會也沒剩多少時間了。我先去國立博物館看「中國國寶展」。一如我的擔心，人潮洶湧，我總算越過人們的肩膀看到了我想看的東西。我先是看了一進門就陳列在展覽室的數座六世紀的佛像。不論是菩薩或如來，都被雕塑得像妖嬈的女人那樣生動、誘人。我心想，這簡直就是另類的花花公子雜誌嘛！不過，仔細看，不，只要稍稍注意，就會發現這些佛像都沒有乳房，然而不管怎麼看都不像是男的，若說是中性，又覺得這論斷太便宜行事了。我唯一能確定的是，它的美來自於人間的虛幻無常，而且是那樣的身體喚起了心靈。每一尊佛像的表情都帶給人安心，即便是少了頭部的雕像，那透過薄紗所呈現出的身體線條，也能予人一種安詳的氣氛。若要形容那身體之美，液態的形容應該會比固態的形容貼切吧！

接著我看到一個高達六米多的人形雕像，矗立在以人牆圍成的底座上；以前看到這個在四川省出土的青銅立人像照片時，對中國有這樣的東西感到相當驚訝。它和一千數百年之後的那些佛像相比，有著難以比擬的魁偉容貌。這樣的造型，雖則讓人覺得古代中國人的靈魂和身為現代人的我們之間的距離何其遙遠，但在同時，我之所以會莫名的被藏身在人像背後的力量震懾，想必是我的大腦邊緣系統還殘留著什麼東西，在與之呼應。但話說回來，同樣是表現人的身體，卻出現了這麼不同的造型，這正好可以證明，在文明的脈絡中，心靈的變化是何等的多采多姿。

大多數的展示物，據說都是這十幾年來才出土的。我心想，醉心於中國美術，尤其是古美術的父親徹三如果現在還活著，不知會有多興奮？父親喜歡中國的玉石，對於自己的一些收藏暗暗自豪。由於父親跟我說那些玉石大都來自商周時期，所以我一直以為玉石就是那個時代的東西，沒想到這次看到最古老的玉是新石器時代的，當我知道那是紀元前四千年到三千年左右的東西時，不免感到驚訝。它和父親收藏的玉在樣式上確實有很大的差異，塊頭也大了許多。可惜的是，在人潮的阻隔下，我無法近距離的仔細端詳。無奈中我在休息室打開圖錄來看，對於中國的歷史和中國人那種令人不安的龐然之感，深深覺得茫然不知所措。想到二十一世紀會變怎樣，電腦會如何往下發展，就覺得生日也不過就是個泡沫罷了。

簽書會順利結束，在現場有友人送我一瓶香檳，我回到家重讀父親寫的有關玉石的文章，文章中還引用了瀧井孝作[83]先生在看完父親收藏後所寫的俳句——「寒日撫玉溫潤傳周身」。雖說是泡沫，但今天的生日過得真好，我一邊想著，一邊鑽進被窩。

83 日本小說家、俳人（一八九四—一九八四）。

二〇〇一年一月二十二日（星期一）

今天什麼事都可以不用做。我來到海邊。越過冬天乾枯的草地，前方是一片樹林，再往前，就是暗濁的海水，海水前方隱約看似有島影的地方，其實就是大海與天空的交界處。有烏鴉的叫聲傳來，但那隻在海上緩緩飛行畫著圓圈的應該是老鷹吧！有時薄薄的陽光會透過雲隙灑向海面，形成一道橢圓的光環。據說西方人稱這為「雅各的梯子」。只要爬上那座光柱，是否就見得到天使呢？事實上，那應該是人工衛星所留下來的餘光吧！

前天東京下雪。晚上友人邀我到砧公園賞雪。幾乎看不到半個人影。飽含水氣的雪堆在樹枝上，雖然同樣身穿白衣，但是杉樹、櫻樹、梅樹等不同的樹種所展現的，竟是各自的美麗。我像在念咒語般，一直不斷念著自然無懈可擊、自然無懈可擊……友人的小狗在雪地來回奔跑，牠的口似乎很渴，總是不時的將鼻子鑽到雪裡吃著雪。這樣的光景，不知我可以記多久？

我正準備換新車。來幫忙辦手續的業務員要我選車號。我想了一會兒，想到自己的年齡，就說我希望車號的尾數是「六十九」。活到六十九歲，我是否跟以前不一樣了呢？回頭看年輕時寫的詩，有時不免心驚。那是因為會看到有些表現雖然顯得生澀，但若說是我現在寫的也不足為奇。明明作為一個人，在走過一生後，我所經驗過的事，或多或少都改變了我，然而，如果有所謂的感性核心，那從這個角度看來，我卻是完全都沒有趨於成熟的跡象。

賞雪日的那天下午，有十幾位高中生來我家跟我聊天。他們問了我幾個問題，但並不僅僅限於談詩。有人出其不意的問我：「你認為人生最重要的東西是什麼？」我猶豫了一會兒，回答：「愛。」這樣的回答我自己都有一點意外。我趕緊補充道：「但愛的種類很多。」這應該是我的真心話。我愛自然中的天空、大海、雲、太陽、草木，但即便我的身體也是自然的一部分，我卻很難說我可以無條件的愛它。當然，最切身的愛是男女之愛，不過大家都知道這種愛非常難搞，所以我想最好還是先丟掉這關於愛的固定觀念。

話雖如此，我現在還是深受其苦。就算不足以稱愛，我對於想擁有喜歡的人的那種心情並不會消失。只是我不想太執著，也怕自己在不察的狀況下讓對方陷於不幸。我高中時代比現在莽撞多了，不知現在的高中生狀況如何？我曾經在書上看過有人寫說如果每個禮拜六見面一次，一個星期講三次手機，那就可以算是愛情了，這可以稱之為愛的形式之一嗎？我也寫了不少以愛作為主題的詩，但現實中的愛與其說是屬於詩，不如說它更接近散文的世界。

雖然沒什麼食欲，但已經快一點了。我吃了茶泡飯。拿出日前簽書會中讀者送我的CD來聽。原以為是音樂，沒想到一出聲就是詩的朗讀。我不是很確定，但猜想應該是斯洛維尼亞話。聲音低沈。封套上有一張照片，是兩個上了年紀的男人。因為附有英文翻譯，我就試著讀了一下。

「你要為一切的一切付出代價／首先，是你的出生／以及時時圍繞在你身邊／嘲笑著你的鳥群／不管平靜／或不安／都停佇在你的胸前／要你付出你的代價／於是你不斷的付出／卻無報償／沒有寬貸／人們不會給你回報／你一無所有／只能拿出你自身去償還一切」。接著是不斷重複著簡單旋律的手風琴演奏。雖然這是來自遠方的聲音和音樂，但卻讓人覺得好近、好近。

接近傍晚時分，那看得見遠方海天的半島也同樣蒙上了一層灰幕。不過在灰幕中，白色、藍色、粉紅色、紫色時而若隱若現。正在施工中的推土機的聲音夾雜著尖銳的鳥叫聲。平常我做的是以人為對象的工作，雖說那樣的我和無聊亂想的我都是我本人，但到底哪一個比較接近事實呢？我想，應該是出現在像今天這樣的日子、可以無所事事的我吧！

我打了一通電話給正陷於憂鬱中的男性友人。是他太太接的，說他出門去看牙醫。聽到他可以去看牙醫，我放心許多。不久前他還處於躁鬱狀態。躁症發作時他就出門旅行，回來後就大力的對所遇到的新鮮事說個不停，想必是太用力了，我們鮮有心情上的交流，反倒是他再度陷於憂鬱時，我們的心情又得以相通……一旦囿於眼睛所見到的，人心就會想要自那些看不見的事物抽離。快要入夜了。我並不討厭黑夜。

（草思　1999・5~2001・4）

後記

距離上次推出類似的雜文，已經是十五年前的事了。父親過世、孫子出生、與人分手、出國無數次、領獎，對他人來說，這或許是多事多端的十五年吧！但對當事人來說，卻覺得每天都是一成不變的重複著早午晚的生活。我心想，沒死、沒有被殺、也沒生什麼大病，光是能這樣每天重複過日子，就是一場充滿戲劇性的奇蹟了。

幾年前我開始寫日記，這是我小學畢業後就不曾再做的事，沒想到這對於容易健忘的我來說，有很大的作用。在日日的繁瑣中很難有時間探究自己內心的動向，現在卻可以藉此讓我重新回顧。不過，我發現對我而言，真正切身的事是無法用言語文字說出來的。不是我不說，是無法言說，這樣的祕密，驅動著我的生命。

一個人生活以後，和人見面的機會變多了，也增加了不少新朋友。和友人一起旅行或是一起看電影，一起喝酒一起天南地北亂聊，這和獨處相較，又是很不一樣的樂趣。這本書中有很大的篇幅如果沒有這些朋友應該就寫不出來吧！我想向這些朋友表達我的感謝。

二〇〇一年十一月
谷川俊太郎

國家圖書館出版品預行編目資料

一個人生活 / 谷川俊太郎著；林真美譯 .
-- 初版 . -- 臺北市：大塊文化，2016.06
面；　公分 . --（walk；11）

譯自：ひとり暮らし

ISBN　978-986-213-701-7（平裝）

861.67　　105006034

LOCUS

LOCUS

LOCUS

LOCUS